成为一个不惑、不忧、不惧的人：

力透时空的演讲

梁启超 等◎著

图书在版编目（CIP）数据

成为一个不惑、不忧、不惧的人：力透时空的演讲 / 梁启超等著．— 北京：北京联合出版公司，2016.9（2024.3重印）

（极简的阅读）

ISBN 978-7-5502-8405-0

Ⅰ．①成… Ⅱ．①梁… Ⅲ．①散文集—中国—近现代②散文集—中国—当代 Ⅳ．①I265

中国版本图书馆 CIP 数据核字（2016）第192969号

成为一个不惑、不忧、不惧的人：力透时空的演讲

作　　者：梁启超 等
责任编辑：崔保华
特约编辑：黄川川
版权支持：张　婧

北京联合出版公司出版
（北京市西城区德外大街 83 号楼 9 层　100088）
三河市恒升印装有限公司印刷　新华书店经销
字数：94 千字　787mm×1092mm　1/32　印张：6
2016 年 10 月第 1 版　2024 年 3 月第 7 次印刷
ISBN 978-7-5502-8405-0
定价：25.00 元

极简的阅读

时移境迁，浮光掠影

他们的文字，穿越时空，抚慰你我，引领前行

目录

wèi shén me dú shū

为什么读书

胡适

读书要读到有乐而无苦。

不老富贵之一　60×73cm　2006年　布面油彩

青年会叫我在未离南方赴北方之前在这里谈谈，我很高兴，题目是“为什么读书”。现在读书运动大会开始，青年会拣定了三个演讲题目。我看第二个题目“怎样读书”很有兴味，第三个题目“读什么书”更有兴味，第一个题目无法讲，“为什么读书”，连小孩子都知道，讲起来很难为情，而且也讲不好。所以我今天讲这个题目，不免要侵犯其余两个题目的范围，不过我仍旧要为其余两位演讲的人留一些余地。现在我就把这个题目来试一下看。

我从前也有过一次关于读书的演讲，后来我把那篇演讲录略事修改，编入三集文存里面，那篇文章题目叫做《读书》，其内容性质较近于第二个题目，诸位可以拿来参考。今天我就来试试“为什么读书”这个题目。

从前有一位大哲学家做了一篇《读书乐》，说到读书的好处，他说：“书中自有千钟粟，书中自有黄金屋，书中自有颜如玉。”这意思就是说，读了书可以做大官，获厚禄，可以不至于住茅草房子，可以娶得年轻的漂亮太太（台下哄笑）。诸位听了笑起来，足见诸位对于这位哲学家所说的话不十分满意，现在我就讲所以要读书的别的原因。为什么要读书？有三点可以讲：第一，因为书是过去已经知道的智识学问和经验的一种记录，我们读书便是要接受这人类的遗产；第二，为要读书而读书，读了书便可以多读书；第三，读书可以帮助我们解决困难，应付环境，并可获得思想材料的来源。我一踏进青年会的大门，就看见许多关于读书的标语。为什么读书？大概诸位看了这些标语就都已知道了，现在我就把以上三点更详细地说一说。

第一，因为书是代表人类老祖宗传给我们的智识的遗产，我们接受了这遗产，以此为基础，可以继续发扬光大，更在这基础之上，建立更高深更伟大的智识。人类之所以与别的动物不同，就是因为人有语言文字，可以把智识传给别人，又传至后人，再加以印刷术的发明，许多书报便印了出来。人的脑很大，与猴不同，人能造出语言，后来更进一步而有文字，又能刻木刻字；所以人最大的贡献就是能累积过去的智识和经验，使后人可以节省许多脑力。

非洲野蛮人在山野中遇见鹿，他们就画了一个人和一只鹿以代信，给后面的人叫他们勿追。但是把智识和经验遗给儿孙有什么用处呢？这是有用处的，因为这是前人很好的教训。现在学校里各种教科，如物理、化学、历史，等等，都是根据几千年来进步的智识编纂成书的，一年，两年，或者三年，教完一科。自小学，中学，而至大学毕业，这十六年中所受的教育，都是代表我们老祖宗几千年来得来的智识学问和经验，所谓进化，就是叫人节省劳力。蜜蜂虽能筑巢，能发明，但传下来就只有这一点智识，没有继续去改革改良，以应付环境，没有做格外进一步的工作。人呢，达不到目的，就再去求进步，而以前人的智识学问和经验作参考。如果每样东西，要个个人从头学起，而不去利用过去的智识，那不是太麻烦了吗？所以人有了这智识的遗产，就可以自己去成家立业，就可以缩短工作，使有余力做别的事。

第二点稍复杂，就是为读书而读书，为求过去的智识而读书。不错，智识可以从书本中得来，但读书不是那么容易的一件事情，不读书不能读书，要能读书才能多读书。好比戴了眼镜，小的可以放大，模糊的可以看得清楚，远的可以变近，所以读书要戴眼镜。眼镜越好，读书的了解力也越大。不读书，学问不能进去，读书没有门径，学问也不能进去。王安石曾对曾子固说："读经而已，则不足以知经"，所以他对于本草、内经、小说，无所不读，这样对于经才可以明白一些，所谓"致其知而后读"，读书无非扩充智识而已。

请你们注意，他不说读书以致知，却说，先致知而后读书。读书固然可以扩充智识；但智识越扩充了，读书的能力也越大。这便是"为读书而读书"的意义。

我十二岁时，各种小说都看得懂，到了三十年以后，再回头看，很多不懂。讲到《诗经》，从前以为讲的是男女爱情、文王后妃一类的事，从前是戴了一副黑眼镜去看，现在换了一副眼镜，觉得完全不同。现在才知道《诗经》和民间歌谣很有关系。对于民间歌谣的研究，近来很有进步，北平有歌谣周刊，歌谣丛书，关于各地歌谣收罗很广。我们如果能把歌谣的文章、社会学、人类学研究一下，就可以知道幼稚时代的环境和生活很有趣味，例如《诗经》里有一段说："野有死麕，白茅包之。有女怀春，吉士诱之。"在从前眼光看来，觉得完全讲不通，现在才知道当时野蛮人社会有一种风俗，就是男子向女子求婚，要打野兽送到女家，若不收，便是不答应。

还有《诗经》里“窈窕淑女”一节，从比较民族学眼光看来，我们可以知道当时社会的人，吃饭时可以打鼓弹琴，丝毫没有受礼教的束缚。再从文法方面来观察，像《诗经》里“之子于归”“黄鸟于飞”“凤凰于飞”的“于”字，此外，《诗经》里又有几百个“维”字，还有许多“助词”“语词”，这些都是有作用无意义的虚字，但以前的人却从未注意及此。所以书是越看越有意义，书越多读越能读书。

再说在《墨子》一书里，差不多各种学问都有，像光学、力学、逻辑、算学、几何学上的圆和平行线，以及经济学上的购买力和货币，几乎什么都讲到了。但你要懂得光学，才能懂得墨子所说的光；你要懂得各种智识，才能懂得墨子里一些最难懂的文句。总之，读书是为了要读书，多读书更可以读书。最大的毛病就在怕读书，怕书难读。越难读的书我们越要征服它们，把它们作为我们的奴隶或向导。我们要打倒难读，这才是我们的“读书乐”。若是我们有了基础的科学智识，那么，我们在读书时便能左右逢源。我再说一遍，读书的目的在于读书，要读书越多才可以读书越多。

第三点，读书可以帮助解决困难，应付环境，供给思想材料。智识是思想材料的来源。思想可分作五步，思想的起源是大的疑问。吃饭拉屎不用想，但逢着三岔路口、十字街头那样的环境，就发生困难了。走东或是走西，这样做或是那样做，困难很多。病有各样的病，发烧，头痛，多得很。第二步要把问题弄清，困难弄清。第三步才想到如何解决。读书就是出主意，暗示，但主意很多，于是又逢着困难。主意多少要看学问多少。都采用也不行。第四步就是要选择一个假定的解决方法。要想到这一个方法能不能解决，若不能，那么，就换一个，若能，就行了。这好比开锁，这一个钥匙开不开，就换一个；假定是可以开的，那么，问题就解决了。第五步就是试验。凡是有条理的思想都要经过这五步，或是逃不了这五个阶段。科学家要解决问题，侦探要侦探案件，多经过这五步。

第三步主意或暗示很多，若无主意，便无办法，没有主意，便不知道怎样办，这是因为智识不够，学力不足，经验不丰富，从来没有想到，所以到要解决问题时便没有材料。读书是过去智识学问经验的记录，而智识学问经验就是要用在这时候，所谓养军千日，用兵一朝。否则，学问一些都没有，遇到困难就要糊涂起来。例如，达尔文把生物变迁现象研究了几十年，却想不出什么原则去解决，后来无意中看到马尔萨斯的《人口论》，说人口是按照几何学级数一倍一倍地增加，粮食是按照数学级数增加，达尔文研究了这原则，忽然触机，就把这原则应用到生物学上去，创了物竞天择的学说。

譬如一条鱼可以产生二百万鱼子，这样，太平洋应该占满了，然而大鱼要吃小鱼，更大的鱼要吃大鱼，所以生物要适应环境才能生存。但按照经济学原则，达尔文主义是很没有条理的，而我们读书就是要解决这个困难。又譬如从前的人以为地球是世界的中心，后来天文学家哥白尼却主张太阳是世界的中心，绕着地球而行。据罗素说，哥白尼所以这样的解说，是因为希腊人已经讲过这句话，哥白尼想到了这句话可以解决这问题，便采用了。假使希腊没有这句话，在六十几年之后恐怕没有人敢说这句话吧。

这就是读书的好处。像这样当初逢着困难后来得到解决的事很多，单说我个人就有许多。在我的书房里有一部小说叫作《醒世姻缘》，是西周生所著，自然用的是假名字，这是十七、十八世纪间的出品，印好在家藏了六年。这部小说讲到婚姻问题，其内容是这样：有个好老婆，不知何故，后来忽然变坏，作者没有提及解决方法，也没有想到可以离婚，只说是前世作孽，因为在前世男虐待女，女就投生换样子，压迫者变为被压迫者。这种前世作孽，起先相爱，后来忽变的故事，我仿佛什么地方看见过，后来在《聊斋》一书中见到一篇和这相类似的笔记，也是说到一个女子，起先怎样爱着她的丈夫，后来怎样变为凶太太，便想到这部小说大约是蒲留仙或是蒲留仙的朋友做的。

去年我看到一本杂志，也说是蒲留仙做的，不过没有证据。今年我在北平，才找到了证据。这一件事可以解释刚才我所说的第二点，就是读书是为了要读书而读书，同时也可以解释第三点，就是读书可以供给出主意的来源。当初若是没有主意，到了逢着困难时便要手足无措，所以读书可以解决问题，就是军事、政治、财政、思想等问题，也都可以解决，这就是读书的用处。

我有一位朋友，有一次傍着洋灯看小说，洋灯装有油，但是不亮，因为灯芯短了。于是他想到《伊索寓言》里有一篇故事，说是一只老鸦要喝瓶中的水，因为瓶太小，得不到水，它就衔石投瓶中，水乃上来。这位朋友是懂得化学的，加水于灯中恐怕不亮，于是投以铜元，油乃碰到灯芯。这是看《伊索寓言》、看小说给他的帮助。读书好像用兵，养兵求其能用，否则即使有十万、二十万的大兵也没有用处，有的时候还要兵变呢。

至于“读什么书”，下次陈中凡先生要讲演，今天我也附带地讲一讲。

我从五岁起到了四十岁，读了三十五年的书。究竟有几部书应该读，我也曾经想过。其中有条理有系统的书可以说是还没有两三部，至于精心结构之作，二千五百年以来恐怕只有半打。譬如《老子》这部书，今天说一句“道可道”，明天又说一句“非常道”，没有一些系统。集是杂货店，史和子还是杂货店。至于《诗经》《礼记》《易经》也只有一点形式，讲到内容，可以说没有一些东西可以给我们改进道德增进智识的帮助的。中国书不够读乐趣，我们要另开生路，辟殖民地。读书要读到有乐而无苦。能做到这地步，书中便有无穷。希望大家不要怕读书，起初的确要查阅字典，但假使能下一年苦功，能把所读的书的内容句句分析清楚，这样的继续不断做去，那么，在一二年中定可开辟一个乐园，还只怕求知的欲望太大，来不及读呢。我总算是老大哥，今天我就根据我过去三十五年读书的经验，给你们这一个临别的忠告。

cháng dú zhè wǔ lèi shū

常读这五类书，

rén shēng qíng wèi dōu huì hòu

人生情味都会厚

钱穆

当知人生有了好的高的境界，他做人自会多情趣，觉得快活舒适。

又是一年的画秋荷 60×73cm 2009年 布面油彩

今天在这讲堂里有年青的同学，有中年人，更有老年人；真是一次很有价值、很有意义的盛会。如按年岁来排，便可分三班；所以讲话就比较难。因为所讲如是年青人比较喜欢的，可能年长的不大爱听；反之亦然。现在我准备所讲将以年长人为主，因为年青人将来还得做大人；但年老了，却不能复为青年人。并且年幼的都当敬重年老的，这将好让将来的青年人也敬重你们。至于年老的人，都抱着羡慕你们年青人的心情，自然已值得年青人骄傲了。

我今天的讲题是“读书与做人”，实在对年青人也有关。婴孩一出世，就是一个人，但还不是我们理想中要做的一个人。我们也不能因为日渐长大成人了，就认为满足；人仍该要自己做。所谓做人，是要做一个理想标准高的人。这须自年幼时即学做；即使已届垂暮之年，仍当继续勉学、努力做。所谓“学到老，做到老”，做人工夫无止境。学生在学校读书，有毕业时期；但做人却永不毕业——临终一息尚存，他仍是一人，即仍该做；所以做人须至死才已。

现在讲到读书。因为只有在书上可以告诉我们如何去做一个有理想高标准的人；诸位在学校读书，主要就是要学做人，即如做教师的亦然。固然做教师可当是一职业；但我们千万不要以为职业仅是为谋生，当知职业也在做人道理中。做人理当有职业，以此贡献于社会。人生不能无职业，这是从古到今皆然的。但做一职业，并不即是做人之全体，而只是其一部分。学生在校求学，为的是为他将来职业作准备。然而除在课堂以外：如在宿舍中，或是在运动场上，也都是在做人，亦当学。在课堂读书求学，那只是学做人的一部分；将来出了学校，有了职业，还得要做人。做人圈子大，职业圈子小。

做人当有理想，有志愿。这种理想与志愿，藏在各人内心，别人不能见，只有他自己才知道。

因此，读书先要有志；其次，当能养成习惯，离开了学校还能自己不断读书。读书亦就是做人之一部分，因从读书可懂得做人的道理，可使自己人格上进。

惟在离开了学校以后的读书，实与在学校里读书有不同。在学校里读书，由学校课程硬性规定，要笔记、要考试，战战兢兢，担心不及格，不能升级、不能毕业，好像在为老师而读书，没有自己的自由；至于离了学校，有了职业，此时再也没有讲堂，也没有老师了，此时再读书，全是自由的，各人尽可读各人自己喜欢的书。当知：在学校中读书，只是为离学校求职业作准备。这种读书并不算真读书。如果想做一位专门学者，这是他想以读书为职业；当知此种读书，亦是做人中一小圈子。我们并不希望，而且亦不大可能要人人尽成为学者。我此所讲，乃指我们离开学校后，不论任何职业、任何环境而读书，这是一种业余读书，这种读书，始是属于人生的大圈子中尽人应有之一事；必需的，但又是自由的。今问此种读书应如何读法？下面我想提出两个最大的理想、最共同的目标来：

一是培养情趣。人生要过得愉快、有趣味，这需用工夫去培养。社会上甚至有很多人怕做人了，他觉得人生乏味，对人生发生厌倦，甚至于感到痛苦。譬如：我们当教师，有人觉得当教师是不得已，只是为谋生，只是枯燥沉闷，挨着过日子。但当知：这非教师做不得，只是他失了人生的情趣了。今试问：要如何才能扭转这心理，使他觉得人生还是有意义有价值？这便得先培养他对人生的情趣；而这一种培养人生情趣的工夫，莫如好读书。

二是提高境界。所谓境界者，例如这讲堂，在调景岭村中，所处地势，既高又宽敞，背山面海；如此刻晴空万里，海面归帆遥驶，或海鸥三五，飞翔碧波之上；如开窗远眺，便觉眼前呈露的，乃是一片优美境界，令人心旷神怡。即或朗日已匿，阴雨晦冥，大雾迷蒙，亦仍别有一番好景。若说是风景好，当知亦从境界中得来；若换一境界，此种风景也便不可得。居住有境界，人生亦有境界；此两种境界并不同。并非住高楼美屋的便一定有高的、好的人生境界，住陋室茅舍的便没有。也许住高楼华屋，居住境界好，但他的人生境界并不好。或许住陋室茅舍，他的居住环境不好，而他的人生境界却尽好。要知人生境界别有存在。这一层，或许对青年人讲，一时不会领会，要待年纪大了、经验多、读书多才能体会到此。

我们不是总喜欢过舒服快乐的日子吗？当知人生有了好的高的境界，他做人自会多情趣，觉得快活舒适。若我们希望能到此境界，便该好好学做人；要学做人，便得要读书。

为什么读书便能学得做一个高境界的人呢？因为在书中可碰到很多人，这些人的人生境界高、情味深，好做你的榜样。目前在香港固然有三百几十万人之多，然而我们大家的做人境界却不一定能高，人生情味也不一定能深。我们都是普通人，但在书中遇见的人可不同；他们是由千百万人中选出，又经得起长时间的考验而保留以至于今日，像孔子，距今已有二千六百年，试问中国能有几个孔子呢？又如耶稣，也快达二千年；他如释迦牟尼、穆罕默德等人。为什么我们敬仰崇拜他们呢？便是由于他们的做人。当然，历史上有不少人物，他们都因做人有独到处，所以为后世人所记忆，而流传下来了。世间决没有中了一张马票，成为百万富翁而能流传后世的。即使做大总统或皇帝，亦没有很多人能流传让人记忆，令人向往。

中国历代不是有很多皇帝吗？但其中大多数，全不为人所记忆，只是历史上有他一名字而已。哪里有读书专来记人姓名的呢？做皇帝亦尚无价值，其余可知。中马票固是不足道；一心想去外国留学、得学位，那又价值何在、意义何在呀？当知论做人，应别有其重要之所在。假如我们诚心想做一人，“培养情趣，提高境界”，只此八个字，便可一生受用不尽；只要我们肯读书，能遵循此八个字来读，便可获得一种新情趣，进入一个新境界。各位如能在各自业余每天不断读书，持之以恒，那么长则十年二十年，短或三年五年，便能培养出人生情趣，提高了人生境界。那即是人生之最大幸福与最高享受了。

说到此，我们当再进一层来谈一谈读书的选择。究竟当读哪些书好？我认为：业余读书，大致当分下列数类：

一是修养类的书。所谓修养，犹如我们栽种一盆花，需要时常修剪枝叶，又得施肥浇水；如果偶有三五天不当心照顾，便决不会开出好花来，甚至根本不开花，或竟至枯死了。栽花尚然，何况做人！当然更须加倍修养。

中国有关人生修养的几部书是人人必读的。首先是《论语》。切不可以为我从前读过了，现在毋须再读。正如天天吃饭一样，不能说今天吃了，明天便不吃；好书也该时时读。再次是《孟子》。孔孟这两部书，最简单，但也最宝贵。如能把此两书经常放在身边，一天读一二条，不过花上三五分钟，但可得益无穷。此时的读书，是各人自愿的，不必硬求记得，也不为应考试，亦不是为着要做学问专家或是写博士论文；这是极轻松自由的，只如孔子所言“默而识之”便得。只这样一天天读下，不要以为没有什么用；如像诸位每天吃下许多食品，不必也不能时时去计算在里面含有多少维他命，多少卡路里，只吃了便有益；读书也是一样。这只是我们一种私生活，同时却是一种高尚享受。

孟子曾说过：“君子有三乐，而王天下不与存焉。”连做皇帝王天下都不算乐事；那么，看电影、中马票，又算得什么？但究竟孟子所说的那三件乐事是什么？我们不妨翻读一下《孟子》，把他的话仔细想一想，那实在是有意义的。

人生欲望是永远不会满足的；有人以为月入二百元能加至二百五十元就会有快乐；哪知等到你如愿以偿，你始觉得仍然不快乐——即使王天下，也一样会不快乐。我们试读历史，便知很多帝王比普通人活得更不快乐。做人确会有不快乐，但我们不能就此便罢，我们仍想寻求快乐。人生的真快乐，我劝诸位能从书本中去找；只花三两块钱到书店中去，便可买到《论语》《孟子》；即使一天读一条，久之也有无上享受。

还有一部《老子》，全书只五千字。一部《庄子》，篇幅较巨，文字较深，读来比较难；但我说的是业余读书，尽可不必求全懂。

要知：即是一大学者，他读书也会有不懂的；何况我们是业余读书；等于放眼看窗外风景，或坐在巴士轮渡中欣赏四周景物，随你高兴看什么都好，不一定要全把外景看尽了，而且是谁也看不尽。还有一部佛教禅宗的《六祖坛经》，是用语体文写的，内中故事极生动，道理极深邃，花几小时就可一口气读完，但也可时常精读。其次，还有朱子的《近思录》与阳明先生的《传习录》。这两部书，篇幅均不多，而且均可一条条分开读。爱读几条便几条。我常劝国人能常读上述七部书。中国传统所讲修养精义，已尽在其内。而且此七书不论你做何职业，生活如何忙，都可读。今天在座年幼的同学们，只盼你们记住这几部书名，亦可准备将来长大了读。如果大家都能每天抽出些时间来，有恒地去读这七部书，准可叫我们脱胎换骨，走上新人生的大道去。

其次便是欣赏类的书。风景可以欣赏，电影也可以欣赏，甚至品茶喝咖啡，都可有一种欣赏。我们对人生本身也需要欣赏，而且需要能从高处去欣赏。最有效的莫如读文学作品，尤要在读诗。这并非要求大家都做一个文学家；只要能欣赏。谚语有云："熟读唐诗三百首，不会作诗也会吟。"诗中境界，包罗万象；不论是自然部分，不论是人生部分，中国诗里可谓无所不包；一年四季，天时节令，一切气候景物，乃至飞潜动植，一枝柳，一瓣花，甚至一条村狗或一只令人讨厌的老鼠，都进入诗境，经过诗人笔下晕染，都显出一番甚深情意，趣味无穷；进入人生所遇喜怒哀乐，全在诗家作品中。当我们读诗时，便可培养我们欣赏自然，欣赏人生，把诗中境界成为我们心灵欣赏的境界。如能将我们的人生投放沉浸在诗中，那真趣味无穷。

如陶渊明诗：

犬吠深巷中，鸡鸣桑树颠。

这十个字，岂非我们在穷乡僻壤随时随地可遇到！但我们却忽略了其中情趣。经陶诗一描写，却把一幅富有风味的乡村闲逸景象活在我们眼前了。我们能读陶诗，尽在农村中过活，却可把我们带进人生最高境界中去，使你如在诗境中过活，那不好吗？

又如王维诗：

雨中山果落，灯下草虫鸣。

诸位此刻住山中，或许也会接触到这种光景：下雨了，宅旁果树上，一个个熟透了的果子掉下来，可以听到“扑”“扑”的声音；草堆里小青虫经着雨潜进窗户来了，在灯下唧唧地鸣叫着。这是一个萧瑟幽静的山中雨夜，但这诗中有人。上面所引陶诗，背后也有人。只是一在山中，一在村中；一在白天，一在晚上。诸位多读诗，不论在任何境遇中，都可唤起一种文学境界，使你像生活在诗中，这不好吗？

纵使我们也有不能亲历其境的，但也可以移情神游，于诗中得到一番另外境界，如唐诗：

松下问童子，言师采药去；

只在此山中，云深不知处。

那不是一幅活的人生画像吗？那不是画的人，却是画的人生。那一幅人生画像，活映在我们眼前，让我们去欣赏。在我想，欣赏一首诗，应比欣赏一张电影片有味，因其更可使我们长日神游，无尽玩味。不仅诗如此，即中国散文亦然。诸位纵使只读一本《唐诗三百首》、只读一本《古文观止》也好；当知我们学文学，并不为自己要做文学家。因此，不懂诗韵平仄，仍可读诗。读散文更自由。学文学乃为自己人生享受之用，在享受中仍有提高自己人生之收获，那真是人生一秘诀。

第三是博闻类。这类书也没有硬性规定；只求自己爱读，史传也好，游记也好，科学也好，哲学也好，性之所近，自会乐读不倦，增加学识，广博见闻，年代一久，自不寻常。

第四是新知类。我们生在这时代，应该随时在这时代中求新知。这类知识，可从现代出版的期刊杂志上，乃至报章上找到。这一类更不必详说了。

第五是消遣类。其实广义说来，上面所提，均可作为消遣；因为这根本就是业余读书，也可说即是业余消遣。但就狭义说之，如小说、剧本、传奇等，这些书便属这一类。如诸位读水浒传、三国演义、红楼梦，可作是消遣。

上面已大致分类说了业余所当读的书。但诸位或说生活忙迫，能在什么时读呢？其实人生忙，也是应该的；只在能利用空闲，如欧阳修的三上，即：枕上、厕上和马上。上床了，可有十分一刻钟睡不着；上洗手间，也可顺便带本书看看；今人不骑骡马，但在舟车上读书，实比在马上更舒适。古人又说三余：冬者岁之余，夜者日之余，阴者晴之余。现在我们生活和古人不同；但每人必有很多零碎时间，如：清晨早餐前，傍晚天黑前，又如临睡前；一天便有三段零碎时间了。恰如一块布，裁一套衣服以后，余下的零头，大可派作别的用场。另外，还有周末礼拜天，乃及节日和假期；尤其是做教师的还有寒暑假。这些都可充分利用，作为业余读书时间的。假如每日能节约一小时，十年便可有三千六百个小时。又如一个人自三十岁就业算起，到七十岁，便可节余一万四千四百个小时，这不是一笔了不得的大数目吗？现在并不是叫你去吃苦做学问，只是以读书为娱乐和消遣，亦像打麻雀、看电影，哪会说没有时间的！如果我们读书也如打麻雀、看电影般有兴趣、有习惯，在任何环境任何情况下都可读书。这样，便有高的享受，有好的娱乐，岂非人生一大佳事！读书只要有恒心，自能培养出兴趣，自能养成为习惯，从此可以提高人生境界。这是任何数量的金钱所买不到的。

今日香港社会读书空气实在太不够，中年以上的人，有了职业，便不再想到要进修，也不再想到业余还可再读书。我希望诸位能看重此事，也不妨大家合作，有书不妨交换读，有意见可以互相倾谈。如此，更易培养出兴趣。只消一年时间，习惯也可养成。我希望中年以上有职业的人能如此，在校的青年们他日离了学校亦当能如此，那真是无上大佳事。循此以往，自然人生境界都会高，人生情味都会厚。人人如此，社会也自成为一好社会。我今天所讲，并不是一番空泛的理论，只是我个人的实际经验。今天贡献给各位，愿与大家都分享这一份人生的无上宝贵乐趣。

富贵平安　60×50cm　2014年　布面油彩

wǒ men rú hé dú gǔ shī

我们如何读古诗

钱穆

有了人，然后才能有所谓诗。

玉堂富贵之二　60×73cm　2006年　布面油彩

（一）

今天我讲一点关于诗的问题。最近偶然看《红楼梦》，有一段话，现在拿来做我讲这问题的开始。林黛玉讲到陆放翁的两句诗：

重帘不卷留香久，
古砚微凹聚墨多。

有个丫鬟很喜欢这一联，去问林黛玉。黛玉说："这种诗千万不能学，学作这样的诗，你就不会作诗了。"下面她告诉那丫鬟学诗的方法。她说："你应当读王摩诘、杜甫、李白跟陶渊明的诗。每一家读几十首，或是一两百首。得了了解以后，就会懂得作诗了。"这一段话讲得很有意思。

放翁这两句诗，对得很工整。其实则只是字面上的堆砌，而背后没有人。若说它完全没有人，也不尽然，到底该有个人在里面。这个人，在书房里烧了一炉香，帘子不挂起来，香就不出去了。他在那里写字，或作诗。有很好的砚台，磨了墨，还没用。

则是此诗背后原是有一人，但这人却教什么人来当都可，因此人并不见有特殊的意境，与特殊的情趣。无意境，无情趣，也只是一俗人。尽有人买一件古玩，烧一炉香，自己以为很高雅，其实还是俗。因为在这环境中，换进别一个人来，不见有什么不同，这就算做俗。高雅的人则不然，应有他一番特殊的情趣和意境。

此刻先拿黛玉所举三人王维、杜甫、李白来说，他们恰巧代表了三种性格，也代表了三派学问。王摩诘是释，是禅宗。李白是道，是老庄。杜甫是儒，是孔孟。《红楼梦》作者，或是抄袭王渔洋以摩诘为诗佛，太白为诗仙，杜甫为诗圣的说法。故特举此三人。摩诘诗极富禅味。禅宗常讲"无我、无住、无着"。后来人论诗，主张要"不著一字，尽得风流"。但作诗怎能"不著一字"，又怎能"不著一字"而"尽得风流"呢?

我们可选摩诘一联句来作例。这一联是大家都喜欢的：

雨中山果落，

灯下草虫鸣。

此一联拿来和上引放翁一联相比，两联中都有一个境，境中都有一个人。“重帘不卷留香久，古砚微凹聚墨多”，那境中人如何，上面已说过。现在且讲摩诘这一联。在深山里有一所屋，有人在此屋中坐，晚上下了雨，听到窗外树上果给雨一打，扑扑地掉下。草里很多的虫，都在雨下叫。那人呢？就在屋里雨中灯下，听到外面山果落，草虫鸣，当然还夹着雨声。这样一个境，有情有景，把来和陆联相比，便知一方是活的动的，另一方却是死而滞的了。

这一联中重要字面在“落”字和“鸣”字。在这两字中透露出天地自然界的生命气息来。大概是秋天吧，所以山中果子都熟了。给雨一打，禁不起在那里扑扑地掉下。草虫在秋天正是得时，都在那里叫。这声音和景物都跑进到这屋里人的视听感觉中。那坐在屋里的这个人，他这时顿然感到此生命，而同时又感到此凄凉。生命表现在山果草虫身上，凄凉则是在夜静的雨声中。

我们请问当时作这诗的人，他碰到那种境界，他心上感觉到些什么呢？我们如此一想，就懂得“不著一字，尽得风流”这八个字的涵义了。正因他所感觉的没讲出来，这是一种意境。而妙在他不讲，他只把这一外境放在前边给你看，好让读者自己去领略。若使接着在下面再发挥了一段哲学理论，或是人生观，或是什么杂感之类，那么这首诗就减了价值，诗味淡了，诗格也低了。

但我们看到这两句诗，我们总要问，这在作者心上究竟感觉了些什么呢？我们也会因于读了这两句诗，在自己心上，也感觉出了在这两句诗中所涵的意义。这是一种设身处地之体悟。亦即所谓欣赏。

我们读上举放翁那一联，似乎诗后面更没有东西，没有像摩诘那一联中的情趣与意境。摩诘诗之妙，妙在他对宇宙人生抱有一番看法，他虽没有写出来，但此情此景，却尽已在纸上。这是作诗的很高境界，也可说摩诘是由学禅而参悟到此境。

今再从禅理上讲，如何叫做“无我”呢？试从这两句诗讲，这两句诗里恰恰没有我，因他没有讲及他自己。又如何叫做“无住”“无着”呢？无住、无着大体即如诗人之所谓“即景”。此在佛家，亦说是“现量”。又叫做“如”。“如”是“像这样子”之义。“雨中山果落，灯下草虫鸣”，只把这样子的一境提示出来，而在这样子的一境之背后，自有无限深意，要读者去体悟。这种诗，亦即所谓“诗中有画”。至于“画中有诗”，其实也是同样的道理。

画到最高境界，也同诗一样，背后要有一个人。画家作画，不专在所画的像不像，还要在所画之背后能有一画家。西方的写实画，无论画人画物，要画得逼真，而且连照射在此人与物上的光与影也画出来。但纵是画得像，却不见在画后面更有意义之存在。

即如我们此刻，每人面前看见这杯子，这茶壶，这桌子，这亦所谓“现量”。此刻我们固是每人都有“见”，却并没有个“悟”，这就是无情无景。而且我们看了世上一切，还不但没有悟，甚至要有“迷”，这就变成了俗情与俗景。

我们由此再读摩诘这两句诗，自然会觉得它生动，因他没有执着在那上。就诗中所见，虽只是一个现量，即当时的那一个景。但不由得我们不“即景生情”，或说是“情景交融”，不觉有情而情自在。这是当着你面前这景的背后要有一番情，这始是文学表达到一最好的地步。而这一个情，在诗中最好是不拿出来更好些。唐诗中最为人传诵的：

清明时节雨纷纷，
路上行人欲断魂。

这里面也有一人，重要的在“欲断魂”三字。由这三字，才生出下面“借问酒家何处有，牧童遥指杏花村”这两句来。但这首诗的好处，则好在不讲出“欲断魂”三字涵义，且教你自加体会。

又如另一诗：

月落乌啼霜满天，
江枫渔火对愁眠。

姑苏城外寒山寺，
夜半钟声到客船。

这一诗，最重要的是“对愁眠”三字中一“愁”字。第一句“月落乌啼霜满天”，天色已经亮了，而他尚未睡着，于是他听到姑苏城外寒山寺那里的打钟声，从夜半直听到天亮。为何他如此般不能睡，正为他有愁。试问他愁的究竟是些什么？他诗中可不曾讲出来。

这样子作诗，就是后来司空图《诗品》中所说的“羚羊挂角”。这是形容作诗如羚羊般把角挂在树上，而羚羊的身体则是凌空的，那诗中人也恰是如此凌空，无住、无着。断魂中，愁中，都有一个人，而这个人正如凌空不着地，有情却似还无情。可是上引摩诘诗就更高了，因他连“断魂”字“愁”字都没有，所以他的诗，就达到了一个更高的境界。

（二）

以上我略略讲了王维的诗，继续要讲杜工部。

杜诗与王诗又不同。工部诗最伟大处，在他能拿他一生实际生活都写进诗里去。上一次我们讲散文，讲到文学应是人生的。民初新文化运动，提倡新文学，主张文学要人生化。在我认为，中国文学比西方更人生化。

一方面，中国文学里包括人生的方面比西方多。我上次谈到中国散文，姚氏《古文辞类纂》把它分成十三类，每类文体，各针对着人生方面。又再加上诗、词、曲、传记、小说等，一切不同的文学，遂使中国文学里所能包括进去的人生内容，比西洋文学尽多了。

在第二方面，中国人能把作家自身真实人生放进他作品里。这在西方便少。西方人作小说剧本，只是描写着外面。中国文学主要在把自己全部人生能融入其作品中，这就是杜诗伟大的地方。

刚才讲过，照佛家讲法，最好是“不著一字”，自然也不该把自己放进去，才是最高境界。而杜诗却把自己全部一生都放进了。儒家主放进，释家主不放进，儒释异同，须到宋人讲理学，才精妙地讲出。此刻且不谈。现在要讲的，是杜工部所放进诗中去的只是他日常的人生，平平淡淡，似乎没有讲到什么大道理。他把从开元到天宝，直到后来唐代中兴，他的生活的片段，几十年来关于他个人，他家庭，以及他当时的社会国家，一切与他有关的，都放进诗中去了，所以后人又称他的诗为“诗史”。

其实杜工部诗还是“不著一字”的。他那忠君爱国的人格，在他诗里，实也没有讲，只是讲家常。他的诗，就高在这上。我们读他的诗，无形中就会受到他极高人格的感召。正为他不讲忠孝，不讲道德，只把他日常人生放进诗去，而却没有一句不是忠孝，不是道德，不是儒家人生理想最高的境界。若使杜诗背后没有杜工部这一人，这些诗也就没有价值了。倘使杜工部急乎要表现他自己，只顾讲儒道，讲忠孝，来表现他自己是怎样一个有大道理的人，那么这人还是个俗人，而这些诗也就不得算是上乘极品的好诗了。所以杜诗的高境界，还是在他“不著一字”的妙处上。

我们读杜诗，最好是分年读。拿他的诗分着一年一年地，来考察他作诗的背景。要知道他在什么地方，什么年代，什么背景下写这诗，我们才能真知道杜诗的妙处。后来讲杜诗的，一定要讲每一首诗的真实用意在哪里，有时不免有些过分。而且有些是曲解。我们固要深究其作诗背景，但若尽用力在考据上，而陷于曲解，则反而弄得索然无味了。但我们若说只要就诗求诗，不必再管他在哪年哪一地方为什么写这首诗，这样也不行。你还是要知道他究是在哪一年哪一地为着什么背景而写这诗的。至于这诗之内容，及其真实涵义，你反可不必太深求，如此才能得到他诗的真趣味。

倘使你对这首诗的时代背景都不知道，那么你对这诗一定知道得很浅。他在天宝以前的诗，显然和天宝以后的不同。他在梓州到甘肃一路的诗，显和他在成都草堂的诗有不同。和他出三峡到湖南去一路上的诗又不同。我们该拿他全部的诗，配合上他全部的人生背景，才能了解他的诗究竟好在哪里。

中国诗人只要是儒家，如杜甫、韩愈、苏轼、王安石，都可以按年代排列来读他们的诗。王荆公诗写得非常好，可是若读王诗全部，便觉得不如杜工部与苏东坡。这因荆公一生，有一段长时间，为他的政治生涯占去了。直要到他晚年，在南京钟山住下，那一段时期的诗，境界高了，和以前显见有不同。

苏东坡诗之伟大，因他一辈子没有在政治上得意过。他一生奔走潦倒，波澜曲折都在诗里见。我第一次读苏诗，从他年轻时离开四川一路出来到汴京，如是往下，初读甚感有兴趣，但后来再三读，有些时的作品，却多少觉得有一点讨厌。譬如他在西湖这一段，流连景物，一天到晚饮酒啊，逛山啊，如是般连接着，一气读下，便易令人觉得有点腻。在此上，苏诗便不如杜诗境界之高卓。此因杜工部没有像东坡在杭州徐州般那样安闲地生活过。在中年期的苏诗，分开一首一首地读，都很好，可是连年一路这样下去，便令人读来易生厌。试问一个人老这样生活，这有什么意义呀？苏东坡的儒学境界并不高，但在他处艰难的环境中，他的人格是伟大的，像他在黄州和后来在惠州琼州的一段。那个时候诗都好。可是一安逸下来，就有些不行，诗境未免有时落俗套。东坡诗之长处，在有豪情，有逸趣。其恬静不如王摩诘，其忠恳不如杜工部。我们读诗，正贵从各家长处去领略。

我们再看白乐天的诗。乐天诗挑来看，亦有长处。但要对着年谱拿他一生的诗一口气读下，那比东坡诗更易见缺点。他晚年住在洛阳，一天到晚自己说："舒服啊！开心啊！我不想再做官啊。"这样的诗一气读来，便无趣味了。这样的境界，无论是诗，无论是人生，绝不是我们所谓的最高境界。

杜工部生活殊不然。年轻时跑到长安，饱看着“朱门酒肉臭，路有冻死骨”的情况，像他在《丽人行》里透露他看到当时内廷生活的荒淫，如此以下，他一直奔波流离，至死为止，遂使他的诗真能达到了最高的境界。从前人说：“诗穷而后工。”穷便是穷在这个人。当知穷不真是前面没有路。要在他前面有路不肯走，硬要走那穷的路，这条路看似崎岖，却实在是大道，如此般的穷，才始有价值。

即如屈原，前面并非没有路，但屈原不肯走，宁愿走绝路。故屈原《离骚》，可谓是“穷而后工”的最高榜样。他弟子宋玉并不然，因此宋玉也不会穷。所以宋玉只能学屈原做文章，没学到屈原的做人。而宋玉的文章，也终不能和屈原相比。

现在再讲回到陆放翁。放翁亦是诗中一大家，他一生没有忘了恢复中原的大愿。到他临死，还作下了一首“王师北定中原日，家祭毋忘告乃翁”的诗。即此一端，可想放翁诗境界也尽高。

放翁一生，从他年轻时从家里到四川去，后来由四川回到他本乡来，也尽见在诗中了。他的晚年诗，就等于他的日记。有时一天一首，有时一天两三首，乃至更多首，尽是春夏秋冬，长年流转，这般的在乡村里过。他那时很有些像陶渊明。你单拿他诗一首两首地读，也不见有大兴味。可是你拿他诗跟他年龄一起读，尤其是七十、八十逐年而下，觉得他的怀抱健康，和他心中的恬淡平白，真是叫人钦羡。而他同时又能不忘国家民族大义，放翁诗之伟大，就在这地方。可惜他作诗太多。他似乎有意作诗，而又没有像杜工部般的生活波澜，这是他吃亏处。若把他诗删掉一些，这一部《陆放翁诗集》，可就会更好了。

在清诗中我最喜欢郑子尹。他是贵州遵义人，并没做高官，一生多住在家乡。他的伟大处，在他的情味上。他是一孝子，他在母亲坟上筑了一园，一天到晚，诗中念念不忘他母亲。他诗学韩昌黎。韩诗佶屈聱牙，可是在子尹诗中，能流露出他极真挚的性情来。尤其是到了四十、五十，年龄尽大上去，还是永远不忘他母亲。诗中有人，其人又是性情中人，像那样的诗也就极难得了。

李太白诗固然好，因他喜欢道家，爱讲庄老出世。出世的诗，更不需照着年谱读。他也并不要把自己生命放进诗里去。连他自己生命还想要超出这世间。这等于我们读庄子，尽不必去考他时代背景。他的境界之高，正高在他这个超人生的人生上。李太白诗，也有些不考索它背景是无法明得他诗中用意的。但李诗真长处，实并不在这点上。

我们读李太白、王摩诘诗，尽可不管他年代。而读杜工部、韩昌黎以至苏东坡、陆放翁等人的诗，他们都是或多或少地把他们的整个人生放进诗去了。因此能依据年谱去读他们诗便更好。郑子尹的生活，当然不够得丰富，可是他也做成了一个极高的诗人。他也把他自己全部放进诗中去了。他的诗，一首首地读，也平常。但春天来了，梅花开了，这山里的溪水又活了，他又在那时想念起他母亲了。读他全集，一年一年地读，从他母亲死，他造了一个坟，坟上筑了一个园，今年种梅，明年种竹，这么一年一年地写下，年年常在纪念他母亲。再从他母亲身上讲到整一家，然后牵连再讲到其他，这就见其人之至孝，而诗中之深情厚味也随而见。他诗之高，高过了归有光的散文。归文也能写家庭情味，可是不如郑子尹诗写得更深厚。

（三）

由于上面所说，我认为若讲中国文化，讲思想与哲学，有些处不如讲文学更好些。在中国文学中也已包括了儒、道、佛诸派思想，而且连作家的全人格都在里边了。某一作家，或崇儒，或尚道，或信佛，他把他的学问和性情，真实融入人生，然后在他作品里，把他全部人生琐细详尽地写出来。这样便使我们读一个作家的全集，等于读一部传记或小说，或是一部活的电影或戏剧。他的一生，一幕幕地表现在诗里。我们能这样地读他们的诗，才是最有趣味的。

文学和理学不同。理学家讲的是人生哲理，但他们的真实人生，不能像文学家般显示得真切。理学家教人，好像是父亲兄长站在你旁对你讲。论其效果，有时还不如一个要好朋友，可以同你一路玩耍的，反而对你影响大。因此父兄教子弟，最好能介绍他交一个年龄差不多的好朋友。文学对我们最亲切，正是我们每一人生中的好朋友。正因文学背后，一定有一个人。这个人可能是一佛家，或道家，或儒家。清儒章实斋《文史通义》里说，古人有子部，后来转变为集部，这一说甚有见地。新文化运动以下，大家爱读先秦诸子，却忽略了此下的集部，这是一大偏差。

我们上边谈到林黛玉所讲的，还有一陶渊明。陶诗境界高。他生活简单，是个田园诗人。唐以后也有过不少的田园诗人，可是没有一个能出乎其右的。陶诗像是极平淡，其实他的性情也可说是很刚烈的。他能以一种很刚烈的性情，而过这样一种极恬淡的生活，把这两者配合起来，才见他人格的高处。西方人分心为智、情、意三项，西方哲学重在智，中国文学重在情与意。情当境而发，意则内涵成体。“采菊东篱下，悠然见南山，此中有真意，欲辩已忘言。”须明得此真意，始能读陶诗。

陶、杜、李、王四人，林黛玉叫我们最好每人选他们一百两百首诗来读，这是很好的意见。但我主张读全集。又要深入分年读。一定要照清朝几个大家下过功夫所注释的来读。

陶、李、杜、韩、苏诸家，都由清人下过大功夫，每一首诗都注其出处年代。读诗正该一家一家读，又该照着编年先后通体读。湘乡曾文正在中国诗人中只选了十八家。而在这十八家里边，还有几个人不曾完全选。即如陆放翁诗，他删选得很好。若读诗只照着如《唐诗别裁》之类去读，又爱看人家批语，这字好，这句好，这样最多领略了些作诗的技巧，但永远读不到诗的最高境界去。曾文正的《十八家诗钞》，正因他一家一家整集钞下，不加挑选，能这样去读诗，趣味才大，意境才高。

这是学诗一大诀窍。一首诗作很好，也不便是一诗人。一诗中某句作得好，某字下得好，这些都不够。当然我们讲诗也要句斟字酌，该是“僧推月下门”呢，还是“僧敲月下门”？这一字费斟酌。又如王荆公诗“春风又绿江南岸”。这一“绿”字是诗眼。一首诗中，一个字活了，就全诗都活。用“吹”字、“到”字、“渡”字都不好，须用“绿”字才透露出诗中生命气息来，全诗便活了，故此一“绿”字乃成得为诗眼。正如六朝人文：“暮春三月，江南草长”，“绿”字、“长”字，皆见中国文人用字精妙处。

从前人作诗都是一字一字斟酌过。但我们更应知道，我们一定要先有了句中其余六个字，这一个字才用得到斟酌。而且我们又一定先要有了这一首诗的大体，才得有这一句。这首诗是先定了，你才想到这一句。这一句先定了，你才想到这一字该怎样下。并不能一字一字积成句，一句一句积成诗。实是先有了诗才有句，先有了句才有字。应该是这首诗先有了，而且是一首非写不可的诗，那么这首诗才是你心中之所欲言。有了所欲言的，然后才有所谓言之工不工。主要分别是要讲出你的作意，你的内心情感，如何讲来才讲得对，讲得好。倘使连这个作意和心情都没有，又有什么工不工可辨？什么对不对可论？

譬如驾汽车出门，必然心里先定要到什么地方去，然后才知道我开向的这条道路走对或走错了。倘使没有目的，只乱开，那么到处都好，都不好，那真可谓无所用心了。

所以作诗，先要有作意。作意决定，这首诗就已有了十之六七了。作意则从心上来，所以最主要的还是先要决定你自己这个人，你的整个人格，你的内心修养，你的意志境界。有了人，然后才能有所谓诗。因此我们讲诗，则定要讲到此诗中之情趣与意境。

先要有了情趣意境才有诗。好比作画尽临人家的，临不出好画来。尽看山水，也看不出其中有画。最高的还是在你个人的内心境界。例如倪云林，是一位了不得的画家。他一生达到他画的最高境界时，是在他离家以后。他是个大富人，古董古玩，家里弄得很讲究。后来看天下要乱了，那是元末的时候，他决心离开家，去在太湖边住。这样过了二十多年。他这么一个大富人，顿然家都不要，这时他的画才真好了。他所画，似乎谁都可以学。几棵树，一带远山，一弯水，一个牛亭，就是这几笔，可是别人总是学不到。没有他胸襟，怎能有他笔墨！这笔墨须是从胸襟中来。

我们学做文章，读一家作品，也该从他笔墨去了解他胸襟。我们不必要想自己成个文学家，只要能在文学里接触到一个较高的人生，接触到一个合乎我自己的更高的人生。比方说，我感到苦痛，可是有比我更苦痛的。我遇到困难，可是有比我更困难的。我是这样一个性格，在诗里也总找得到合乎我喜好的而境界更高的性格。我哭，诗中已先代我哭了。我笑，诗中已先代我笑了。读诗是我们人生中一种无穷的安慰。有些境，根本非我所能有，但诗中有，读到他的诗，我心就如跑进另一境界去。

如我们在纽约，一样可以读陶渊明的诗。我们住五层、六层的高楼，不到下边马路去，晚上拿一本陶诗，吟着他“结庐在人境，而无车马喧”的诗句，下边马路上车水马龙，我可不用管。

我们今天置身海外，没有像杜工部在天宝时兵荒马乱中的生活，我们读杜诗，也可获得无上经验。我们不曾见的人，可以在诗中见。没有处过的境，可以在诗中想象到。西方人的小说，也可能给我们一个没有到过的境，没有碰见过的人。而中国文学之伟大，则是那境那人却全是个真的。如读《水浒》，固然觉得有趣，也像读《史记》般，但《史记》是真的，《水浒》是假的。读西方人小说，固然有趣，里边描写一个人，描写得生动灵活。而读杜工部诗，他自己就是一个真的人，没有一句假话在里面。

这里却另生一问题，很值我们的注意。

中国大诗家写诗多半从年轻时就写起，一路写到老，像杜工部、韩昌黎、苏东坡都这样。我曾说过，必得有此人，乃能有此诗。循此说下，必得是一完人，乃能有一完集。而从来的大诗人，却似乎一开始，便有此境界格局了。此即证中国古人天赋人性之说。故文学艺术皆出天才。苏黄以诗齐名，而山谷之文无称焉。曾巩以文名，诗亦无传。中国文学一本之性情。曹氏父子之在建安，多创造。李杜在开元，则多承袭。但虽有承袭，亦出创造。然其创造，实亦承袭于天性。近人提倡新文学，岂亦天如人愿，人人得有其一分之天赋乎。西方文学主要在通俗，得群众之好。中国文学贵自抒己情，以待知者知，此亦其一异。

故中国人学文学，实即是学做人一条径直的大道。诸位会觉得，要立意做一人，便得要修养。即如要做到杜工部这样每饭不忘君亲，念念在忠君爱国上，实在不容易。其实下棋，便该自己下。唱戏，便该自己唱。学讲话，便该自己开口讲。要做一个人，就得自己实地去做。其实这道理还是很简单，主要在我们能真实跑到那地方去。要真立志，真实践履，亲身去到那地方。中国古人曾说“诗言志”，此是说诗是讲我们心里东西的，若心里龌龊，怎能作出干净的诗，心里卑鄙，怎能作出光明的诗。所以学诗便会使人走上人生另一境界去。

正因文学是人生最亲切的东西，而中国文学又是最真实的人生写照，所以学诗就成为学做人的一条径直大道了。

文化定要从全部人生来讲。所以我说中国要有新文化，一定要有新文学。文学开新，是文化开新的第一步。一个光明的时代来临，必先从文学起。一个衰败的时代来临，也必从文学起。但我们只该喜欢文学就够了，不必定要自己去做一文学家。不要空想必做一诗人，诗应是到了非写不可时才该写。若内心不觉有这要求，能读人家诗就很够。我们不必每人自己要做一个文学家，可是不能不懂文学，不通文学，那总是一大缺憾。这一缺憾，似乎比不懂历史，不懂哲学还更大。

（四）

再退一层言之，学文学也并不定是在做学问。只应说我们是在求消遣，把人生中间有些业余时间和精神来放在那一面。我劝大家多把余闲在文学方面去用心，尤其是中国诗。我们能读诗，是很有价值的。

我还要回到前边提及林黛玉所说如何学作诗的话。要是我们喜欢读诗，拿起《杜工部集》，挑自己喜欢的写下一百首，常常读，虽不能如黛玉对那个丫鬟所说，那样一年工夫就会作诗了。在我想，下了这功夫，并不一定要作诗，作好诗，可是若作出诗来，总可像个样。至少是讲的我心里要讲的话。

倘使我们有一年工夫，把杜工部诗手抄一百首，李太白诗一百首，陶渊明诗一共也不多，王维诗也不多，抄出个几十首，常常读。过了几年拿这几个人的诗再重抄一遍。加进新的，替换旧的，我想就读这四家诗也很够了。不然的话，拿曾文正的《十八家诗钞》来读，也尽够了。

比如读《全唐诗》，等于跑进一个大会场，尽多人，但一个都不认识，这有什么意思，还不如找一两个人谈谈心。我们跑到菜场去，也只挑喜欢的买几样。你若尽去看，看一整天，每样看过，这是一无趣味的。学问如大海，"鼹鼠饮河，不过满腹"。所要喝的，只是一杯水，但最好能在上流清的地方去挑。若在下流浊的地方喝一杯浊水，会坏肚子的。

学作诗，要学他最高的意境。如上举"重帘不卷"那样的诗，我们就不必学。

我们现在处境，当然要有一职业。职业不自由，在职业之外，我们定要能把心放到另一处，那么可以减少很多不愉快。不愉快的心情减掉，事情就简单了。对事不发生兴趣，越痛苦，那么越搞越坏。倘使能把我们的心放到别处去，反而连这件事也做好了。这因为你的精神是愉快了。

我想到中国的将来，总觉得我们每个人先要有个安身立命的所在。有了精神力量，才能担负重大的使命。这个精神力量在哪里？灌进新血，最好莫过于文学，民初新文化运动提倡新文学以来，老要在旧文学里找毛病，毛病哪里会找不到？像我们刚才所说，《红楼梦》里林黛玉，就找到了陆放翁诗的毛病。指摘一首诗一首词，说它“无病呻吟”。但不是古诗词全是无病呻吟的。说不用典故，举出几个用典用得极坏的例给你看。可是一部杜工部诗，哪一句没有典？无一字无来历，却不能说他错。

若专讲毛病，中国目前文化有病，文学也有病，这不错。可是总要找到文化文学的生命在哪里。这里面定有个生命。没有生命，怎么能四五千年到今天？

又如说某种文学是“庙堂文学”，某种文学是“山林文学”，又是什么“帮闲文学”等，这些话都有些荒唐。有人说我们要作帮忙文学，不要作帮闲的文学，文学该自身成其为文学，哪里是为人帮忙帮闲的呢？若说要不用典，“读书破万卷，下笔如有神”，典故用来已不是典故。《论语》：“士志于道而耻恶衣恶食者，未足与议也。”《孟子》：“勇士不忘丧其元，志士不忘填沟壑。”杜工部诗说“饿死焉知填沟壑，高歌但觉有鬼神”，此两句“沟壑”两字有典，“填”字也有典，“饿死”二字也有典，“高歌”也有典，这两句没有一字没有典，这又该叫是什么文学呢？

我们且莫尽在文字上吹毛求疵，应看他内容。一个人如何处家庭、处朋友、处社会，杜工部诗里所提到的朋友，也只是些平常人，可是跑到杜工部笔下，那就都有神，都有味，都好。

我们不是也有很多朋友吗？若我们今晚请一位朋友吃顿饭，这事很平常。杜工部诗里也常这样请朋友吃饭，或是别人请他，他吃得开心作一首诗，诗直传到现在，我们读着还觉得痛快。

同样一个境界，在杜工部笔下就变成文学了。我们吃人家一顿，摸摸肚皮跑了，明天事情过去，全没有了，觉得这事情一无意思般。读杜工部诗，他吃人家一顿饭，味道如何，他在卫八处士家"夜雨剪春韭"那一餐，不仅他吃得开心，一千年到现在，我们读他诗，也觉得开心，好像那一餐，在我心中也有分，也还有余味。其实很平常，可是杜工部写上诗里，你会特别觉得其可爱。不仅杜工部可爱，凡他所接触的，其人其境皆可爱。

其实杜工部碰到的人，有的在历史上有，有的历史上没有，许多人只是极平常。至于杜工部之处境及其日常生活，或许在我们要感到不可一日安，但在工部诗里便全成可爱。所以在我们平常交朋友，且莫要觉得这人平常，他同你做朋友，这就不平常。你不要看他请你吃顿饭平常，只是请你吃这件事就不平常。

杜工部当年穷途潦倒，做一小官，东奔西跑。他或许是个土头土脑的人，别人或会说，这位先生一天到晚作诗，如此而已。可是一千年来越往后，越觉他伟大。看树林，一眼看来是树林。跑到远处，才看出林中那一棵高的来。这棵高的，近看看不见，远看乃始知。我们要隔一千年才了解杜工部伟大，两千年才感觉孔夫子伟大。现在我们许多人在一块，并无伟大与不伟大。真是一个伟大的人，他要隔五百年、一千年才会特别显出来。

那么我们也许会说一个人要等死后五百年、一千年，他才得伟大，有什么意思啊？其实真伟大的人，他不觉得他自己的伟大。要是杜工部觉得自己伟大，人家请他吃顿饭，他不会开心到这样子，好像吃你一顿饭是千该万当，还觉得你招待不周到，同你做朋友，简直委曲了，这样哪里会有好诗做出来。

我这些琐碎话，只说中国文学之伟大有其内在的真实性，所教训我们的，全是些最平常而最真实的。倘我们对这些不能有所欣赏，我们做人，可能做不通。因此我希望诸位要了解中国文学的真精神，中国人拿人生加进文学里，而这些人生则是有一个很高的境界的。这个高境界，需要经过多少年修养。但这些大文学家，好像一开头就是大文学家了，不晓得怎样一开头他的胸襟情趣会就与众不同呀！好在我们并不想自己做大文学家，只要欣赏得到便够了。

你喜欢看梅兰芳戏，自己并不想做梅兰芳。这样也不就是无志气。当知做学问最高境界，也只像听人唱戏，能欣赏即够，不想自己亦登台出风头。有人说这样不是便会一无成就吗？其实诗人心胸最高境界并不在时时自己想成就。大人物，大事业，大诗人，大作家，都该有一个来源，我们且把它来源处欣赏。自己心胸境界自会日进高明，当下即是一满足，便何论成就与其他。让我且举《诗经》中两句来作我此番讲演之结束。《诗经》说："不忮不求，何用不臧。"不忮不求，不忌刻他人来表现自己，至少也应是一个诗人的心胸吧！

瓶·花　20×30cm　2001年　布面油彩

wǒ de chuàng zuò jīng yàn
我的创作经验

老舍

我要笑，可并不把自己除外。

瓶·花 20×30cm 2001年 布面油彩

好吧，假如我要有别的可说，我一定不说这个题目。

我敬爱学问，可是学问老不自动的搬到我的脑子里来住；科学实验室，哼，没进去过。我只好说经验。不管好坏，经验是我自己的，我要不说，别人就不知道；这或者也许有点趣味。

创作的经验，这也得解释一下。创作出什么，与创作得怎样，自然是两回事。格外的自谦是用不着的，可是板着脸吹腾自己也怪难以为情。我希望只说“什么”，不说“怎样”。不过万一我说走了嘴，而谈到我的创作怎样的好，请你别忘了这个——“不信也罢！”

在我幼年时候，我自己并没发现，别人也没看出，我有点作文的本事。真的，为作不好文章而挨竹板子倒是不短遇到的事。可是我不能不说我比一般的小学生多念背几篇古文，因为在学堂——那时候确是叫作学堂——下课后，我还到私塾去读《古文观止》。《诗经》我也读过，一点也不瞎吹——那时候我就很穷（不知道为什么），可是私塾的先生并不要我的钱。

我的中学是师范学校。师范学校的功课虽与中学差不多，可是多少偏重教育与国文。我对几何代数和英文好像天生有仇。别人演题或记单字的时节，我总是读古文。我也读诗，而且学着作诗，甚至于作赋。我记了不少的典故。可惜我那些诗都丢了，要是还存着的话，我一定把它们印出来！看谁不顺眼，或者谁看我不顺眼，就送谁一本，好把他气死。诗这种东西是可以使人飞起来，也可以把人气死的。除了诗文，我喜欢植物学。这并非是对这种科学有兴趣，而是因为对花草的爱好；到如今我还爱花。

我的脾气是与家境有关系的。因为穷，我很孤高，特别是在十七八岁的时候。一个孤高的人或者爱独自沉思，而每每引起悲观。自十七八到二十五岁，我是个悲观者。我不喜欢跟着大家走，大家所走的路似乎不永远高明，可是不许人说这个路不高明，我只好冷笑。赶到岁数大了一些，我觉得这冷笑也未必对，于是连自己也看不起了。这个，可以说是我的幽默态度的形成——我要笑，可并不把自己除外。

“五四”运动，我并没有在里面。那时候我已作事。那时候所出的书，我可都买来看。直到二十五岁我到南开中学去教书，才写过一篇小说，登在校刊上。这篇东西我没留着，不能告诉诸位它的内容与文笔怎样。它只有点历史的价值，我的第一篇东西——用白话写的。

二十七岁，我到英国去。设若我始终在国内，我不会成了个小说家——虽然是第一百二十等的小说家。到了英国，我就拼命的念小说，拿它作学习英文的课本。念了一些，我的手痒痒了。离开家乡自然时常想家，也自然想起过去几年的生活经验，为什么不写写呢？怎样写，一点也不知道，反正晚上有功夫，就写吧，想起什么就写什么，这便是《老张的哲学》。文字呢，还没有脱开旧文艺的拘束。这样，在故事上没有完整的设计，在文学上没有新的建树，乱七八糟便是《老张的哲学》。抓住一件有趣的事便拼命的挤它，直到讨厌了为止，是处女作的通病，《老张的哲学》便是这样的一个病鬼。现在一想到就要脸红。可是它也有个好处，而且这个好处不容易再找到。它是个初出山的老虎，什么也不懂，什么也不怕。现在稍有些经验了，反倒怕起来。它没有使人读了再读的力量，可是能给暂时的警异与刺激。我不希望再写这种东西，或者想写也写不出了。长了几岁，精力到底差了一事。

《赵子曰》是第二部，结构上稍比《老张》强了些，可是文字的讨厌与叙述的夸张还是那样。这两部书的主旨是揭发事实，实在与《黑幕大观》相去不远。其中的理论也不过是些常识，时时发出臭味！

《二马》是在英国的末一年写的。因为已读过许多小说了，所以这本书的结构与描写都长进了一些。文字上也有了进步：不再借助于文言，而想完全用白话写。它的缺点是：第一，没有写完便收束了，因为在离开英国以前必须交卷；本来是要写到二十万字的。第二，立意太浅：写它的动机是在比较中英两国国民性的不同；这至好不过是种报告，能够有趣，可很难伟大。再说呢，书中的人差不多都是中等阶级的，也嫌狭窄一点。

《小坡的生日》，在文字上，是值得得意的：我已把白话拿定了，能以最简单的言语写一切东西了。这本小说在文字上给我回国以后的作品打定了基础，我不再怕白话了；我明白了点白话的力量。这本书是在新加坡写成四分之三，在上海写完的。里面那些写实的地方，我以为，总应该删去，可是到如今也没功夫去删改。

《大明湖》是在济南写的，幸而在“一·二八”被烧掉，因为内容非常的没有意思。文字有几段很好，可是光仗着文字之美是不行的。我没有留底稿，现在也不想再写它了。《猫城记》是《大明湖》的妹妹，也没多大劲。

《离婚》比较的好点，虽然幽默，可与《老张》大不相同了；我明白了怎样控制自己。

至于短篇，不过是最近两年来的试验。我知道我写不过别人，可是没法不写；大家都向我索稿，怎能一一报之以长篇呢，我又不是个打字机。这些东西——一大部分收在《赶集》里——连一篇好的也没有，勉强着写，写完又没功夫修改，怎能好得了！希望发笔财，可以专去写东西，不教书，不必发愁衣食住，专心去写，写，写！“穷而后工”，有此一说，我不大相信。

《牛天赐传》是今年夏天赶出来的，既然是“赶办”，当然没好货；现在还在继续的刊露，我不便骂它太厉害了；何必跟自己死过不去呢。

八九年的功夫，我只有这么点成绩。在质上，在量上，都没有什么可以自满的。从各方的批评中看，有的人说我好，有的人说我不好。我的好处——据我自己看——比坏处少，所以我很愿意看人家批评我；人家说我不好，我多少得点益处。有时候我明知自己犯了毛病，可是没功夫去修正——还是得独得五十万哪！

我写的不多，也不好，可是力气卖得不少。这几本书都是在课外写的。这就是说：教书，办事之外，我还得写作。于是，年假暑假向来不休息，已经有七年了！我不能把功课或事情放在一边而光顾自己的写作，这么办对不起人。可我也不能干脆不写。那么，只好有点工夫就写；这差不多是“玩命”。我自幼身体就不强壮，快四十了还没有胖过一回；我不能胖，一年到头不休息，怎能长肉呢？可是“瘦”似乎是个警告，一照镜子便想起：谨慎点！所以我老是早睡早起，不敢随便。每天至多写两千多字，不多写；多写便得多吃烟，我不愿使肺黑得和煤一样！几时我能有三个月不写一个字，那一定比当皇上还美！

写两千多字，不多写：这可只是大概的说，有时候三天连一个字也写不出！我不知道天下还有比这更难受的事没有。我看着纸，纸看着我，彼此不发生关系！有时候呢，很顺当，字来得很快。可是一天不能把想起来的都写下来，于是心里老想着这点事，虽然一天只准自己写两千多字，但是心并没闲着，吃饭时也想，喝茶时也想——累人！就是写完一篇的时候，心中痛快一下，可是这点痛快抵不过那些苦处。说到这里，我不想劝别人也写小说了！是的，我是卖了力气。这就应了卖艺人的话了："玩艺是假的，力气是真的！"就此打住。

guān yú duǎn piān xiǎo shuō

关于短篇小说

沈从文

必须把人事和梦两种成分相混合，用语言文字来好好装饰剪裁，处理得极其恰当，才可望成为一个小说。

瓶·花　30×20cm　2001年　布面油彩

说到这个问题以前，我想在题目下加上一个子题，比较明白。

“一个短篇小说的作者，谈谈短篇小说的写作，和近二十年来中国短篇小说的发展。”

因为许多人印象里意识里的短篇小说，和我写到的说起的，可能是两样不同的东西，所以我还要老老实实声明一下：这个讨论只能说是个人对于小说一点印象，一点感想，一点意见，不仅和习惯中的学术庄严标准不相称，恐怕也和前不久确定的学术一般标准不相称。世界上专家或权威，在另外一时对于短篇小说规定的“定义”“原则”“作法”，和文学批评家所提出的主张说明，到此都暂时失去了意义。

什么是我所谓的“短篇小说”？要我立个界说，最好的界说，应当是我作品所表现的种种。若需要归纳下来简单一点，我倒还得想想，另外一时给这个题目作的说明，现在是不是还可应用。三年前我在师范学院国文会讨论会上，谈起“小说作者和读者”时，把小说看成“用文字很恰当记录下来的人事”。因为既然是人事，就容许包含了两个部分：一是社会现象，是说人与人相互之间的种种关系；一是梦的现象，便是说人的心或意识的单独种种活动。单是第一部分容易成为日常报纸记事，单是第二部分又容易成为诗歌。必须把人事和梦两种成分相混合，用语言文字来好好装饰剪裁，处理得极其恰当，才可望成为一个小说。

我并不觉得小说必须很“美丽”，因为美丽是在文字辞藻以外可以求得的东西。我也不觉得小说需要很“经济”，因为即或是个短篇，文字经济依然并不是这个作品成功的唯一条件。我只说要很“恰当”，这恰当意义，在使用文字上，就容许不怕数量的浪费，也不必对于辞藻过分吝啬。故事内容呢，无所谓“真”，亦无所谓“伪”（更无深刻平凡区别），要的只是那个“恰当”。文字要恰当，描写要恰当，全篇分配更要恰当。作品的成功条件，就完全从这种“恰当”产生。

我们得承认，一个好的文学作品，照例会使人觉得在真美感觉以外，还有一种引人“向善”的力量。我说的“向善”，这个词的意思，并不属于社会道德一方面“做好人”的理想，我指的是这个：读者从作品中接触了另外一种人生，从这种人生景象中有所启示，对“人生”或“生命”能作更深一层的理解。普通做好人的乡愿道德，社会虽异常需要，有许多简便方法工具可以利用，“上帝”或“鬼神”，“青年会”或“新生活”，或对付他们的心，或对付他们的行为，都可望从那个“多数”方面产生效果。不必要文学来作。至于小说可作的事，却远比这个重大，也远比这个困难。如象生命的明悟，使一个人消极的从肉体爱憎取予，理解人的神性和魔性，如何相互为缘，并明白生命各种型式，扩大到个人生活经验以外，为任何书籍所无从企及。或积极的提示人，一个人不仅仅能平安生存即已足，尚必须在他的生存愿望中，有些超越普通动物的打算，比饱食暖衣保全首领以终老更多一点的贪心或幻想，方能把生命引导到一个崇高理想上去。这种激发生命离开一个动物人生观，向抽象发展与追求的兴趣或意志，恰恰是人类一切进步的象征。这工作自然也就是人类最艰难伟大的工作。推动或执行这个工作，文学作品实在比较别的东西更其相宜。

若说得夸大一点，到近代，别的工具都已办不了时，唯有“小说”还能担当这种艰巨。原因简单而明白：小说既以人事为经纬，举凡机智的说教，梦幻的抒情，一切有关人类向上的抽象原则学说，无一不可以把它综合组织到一个故事发展中。印刷术的进步，交通工具的进步，既得到分布的便利，更便利的还是近千年来读者传统的习惯，即多数认识文字的人，从一个故事取得娱乐与教育的习惯，在中国还好好存在。加之用文学作品来耗费他个人剩余生命，取得人生教育，从近三十年来年青学生方面说，在社会心理上即贤于博弈。所以在过去，《三国志》或《红楼梦》所有的成就，显然不是用别的工具可以如此简便完成的。

在当前，几个优秀作家在国民心理影响上，也不是什么作官的专家部长委员可办到的。在将来，一个文学作者若具有一种崇高人生理想，这理想希望它在读者生命中保有一种势力，将依然是件极其容易事情。用“小说”来代替“经典”，这种大胆看法，目前虽好像有点荒唐，却近于将来的事实。

这是我三年前对于小说的解释，说的虽只是“小说”，把它放在“短篇小说”上，似乎还说得通。这种看法也许你们会觉得可笑，是不是？不过真正可笑的还在后面，因为我个人还要从这个观点上来写三十年！二十年在中国历史上，算不得一个数目，但在个人生命中，也就够瞧了。这种生命的投资，普通聪明人是不干的！

有人觉得好笑以外也许还要有点奇怪，即从我说这问题一点钟两点钟得来的印象，和你们事先所猜想到的，读十年书听十年讲记忆中所保留的，很可能都不大相合。说说完了，于是散会。散会以后，有的人还当作笑话，继续谈论下去，有的人又匆匆忙忙的跑出大南门，预备去看九点场电影，有的人说不定回到宿舍，还要骂骂“狗屁狗屁，岂有此理”。这样或那样，总而言之，是不可免的。过了三点钟后，这个问题所能引起的一点小小纷乱也差不多就完事了。这也就正和我所要说的题目相合，与一个“短篇小说”在读者生命中所占有的地位相合，讲的或写的，好些情形都差不多。这并不是人生的全部，只那么一点儿，所要处理的，说他是作者人生的经验也好，是人生的感想也好，再不然，就说他是人生的梦也好。总之，作者所能保留到作品中的并不多，或者是一闪光，一个微笑，以及一瞥即成过去的小小悲剧，又或是一个人濒临生死边缘作的短期挣扎。不管它是什么，都必然受种种限制，受题材、文字以及读者听者那个“不同的心”所限制。所以看过或听过后，自然同样不久完事。不完事的或者是从这个问题的说明、表现方式上，见出作者一点语言文字的风格和性格，以及处理题材那点匠心独运的巧思，作品中所蕴蓄的人生感慨与人类爱。如果是讲演，连续到八次以上，从各个观点去说明的结果，或者能建设出一个明明朗朗的人生态度。如果是作品，一本书也不会给读者相同印象。至于听一回，看一篇，使对面的即能有会于心，保留一种深刻印象，对少数人言，即或办得到，对多数人言，是无可希望的！

新文学中的短篇小说，系随同二十二年前那个五四运动发展而来。文学运动本在五四运动以前，民六左右，即由陈独秀、胡适之诸先生提出来，却因五四运动得到“工具重造工具重用”的机会。当时谈思想解放和社会改造，最先得到解放是文字，即语体文的自由运用。思想解放社会改造问题，一般讨论还受相当限制时，在文学作品试验上，就得到了最大的自由，从试验中日有进步，且得到一个“多数”（学生）的拥护与承认。虽另外还有个“多数”（旧文人与顽固汉）在冷嘲恶咒，它依然在幼稚中发育成长，不到六七年，大势所趋，新的中国文学史，就只有白话文学作品可记载了。谈到这点过去时，其实应当分开来说说，因为各部门作品的发展经过和它的命运，是不大相同的。

新诗革命当时最与传统相反，情形最热闹，最引起社会注意（作者极兴奋，批评者亦极兴奋），同时又最成为问题，即大部分作品是否算得是“诗”的问题。

戏剧在那里讨论社会问题，处理思想问题，因之有“问题”而无“艺术”，初期作者成绩也就只是热闹，作品并不多，且不怎么好。

小说发展得平平常常，规规矩矩，不如诗那么因自由而受反对，又不如戏那么因庄严而抱期望，可是在极短期间中却已经得到读者认可继续下去。先从学生方面取得读者，随即从社会方面取得更多的读者，因此奠定了新文学基础，并奠定了新出版业的基矗。若就近二十年来过去作个总结算，看看这二十年的发展，作者多，读者多，影响大，成就好，实应当推短篇小说。这原因加以分析，就可知道一是起始即发展得比较正常，作品又得到个自由竞争机会，新陈代谢作用大些，前仆后继，人材辈出，从作品中沙中捡金，沙子多金屑也就不少。其次即是有个读者传统习惯，来接受作品，同时还刺激鼓励优秀作品产生。

若讨论到“短篇小说”的前途时，我们会觉得它似乎是无什么“出路”的。它的光荣差不多已经变成为“过去”了。

它将不如长篇小说，不如戏剧，甚至于不如杂文热闹。长篇小说从作品中铸造人物，铺叙故事又无限制，近二十年来社会的变，近五年来世界的变，影响到一人或一群人的事，无一不可以组织到故事中。一个长篇如安排得法，即可得到历史的意义，历史的价值，它且更容易从旧小说读者中吸收那个多数读者，它的成功伟大性是极显明的。戏剧娱乐性多，容易成为大时代中都会的点缀物，能繁荣商业市面，也能繁荣政治市面，所以不仅好作品容易露面，即本身十分浅薄的作品，有时说不定在官定价值和市定价值两方面，都被抬得高高的。就中唯有短篇小说，费力而不容易讨好，将不免和目前我们这个学校中的“国文系”情形相同，在习惯上还存在，事实上却好像对社会不大有什么用处，无出路是命定了的。

不过我想在大家都忘不了“出路”，多数人都被“出路”弄昏了头的时候，来在“国文学会”的讨论会上，给“短篇小说”重新算个命，推测推测它未来可能是个什么情形。有出路未必是好东西，这个我们从跑银行的大学生，有销路的杂志，和得奖的作品即可见到一二。那么，无出路的短篇小说，还会不会有好作者和好作品？从这部门作品中，我们还能不能保留一点希望，认为它对中国新文学前途，尚有贡献？

要我答复我将说“有办法的”。它的转机即因为是“无出路”。从事于此道的，既难成名，又难牟利，且决不能用它去讨个小官儿作作。社会一般事业都容许侥幸投机，作伪取巧，用极小气力收最大效果，唯有“短篇小说”可是个实实在在的工作，玩花样不来，擅长“政术”的分子决不会来摸它。“天才”不是不敢过问，就是装作不屑于过问。即以从事写作的同道来说，把写短篇小说作终生事业，都明白它不大经济。这一来倒好了。短篇小说的写作，虽表面上与一般文学作品情形相差不多，作者的兴趣或信仰，却已和别的作者不相同了。

支持一个作者的信心，除初期写作，可望从“读者爱好”增加他一点愉快，从事此道十年八年后，尚能继续下去的，作者那个“创造的心”，就必得从另外找个根据。很可能从外面刺激凌轹，转成为自内而发的趋势。作者产生作品那点“动力”，和对于作品的态度，都慢慢的会从普通“成功”，转为自我完成，从“附会政策”，转为“说明人生”。这个转变也可说是环境逼成的，然而，正是进步所必需的。由于作者写作的态度心境不同，似乎就与抄抄撮撮的杂感离远，与装模作样的战士离远，与逢人握手每天开会的官僚离远，渐渐的却与那个“艺术”接近了。

照近二十年来的文坛风气，一个作家一和“艺术”接近，也许因此一来，他就应当叫作“落伍”了，叫作“反动”了，他的作品并且就要被什么“检查”了，“批评”了，他的主张意见就要被“围剿”了，“扬弃”了。但我们可不必为这事情担心。这一切不过是一堆“词”而已，词是照例摇撼不倒作品的。作品虽用纸张印成，有些国家在作品上浇了些煤油，放火去烧它，还无结果！二三子玩玩字词，用作自得其乐的消遣，未尝无意义。若想用它作符咒，来消灭优秀作品，其无结果是用不着龟筮卜算的。“落伍”是被证明已经“老朽”，“反动”，又是被裁判得受点处分，使用的意义虽都相当厉害，有时竟好像还和“侦探告密”“坐牢杀头”这类事情牵连在一处。但文人用来加到文人头上时，除了满足一种卑鄙的陷害本能，是并无何等意义，不用担心吓怕的。因为这种词用惯后，用多后，明眼人都知道这对于一个诚实的作家，是不会有何作用的。文学还是文学，作品公正的审判人是“时间”（从每个人生命中流过的时间），作品在读者与时间中受试验，好的存在，且可能长久存在，坏的消灭，即一时间偶然侥幸，迟早间终必消灭。一个作者真正可怕的事，是无作品而充作家，或写点非驴非马作品应景凑趣，门面总算支持了，却受不了那个试验，在试验中即黯然无光。

日月流转，即用过去二十年事实作个例，试回头看看这段短短路上的陈迹，也可长人不少见识。当时文坛逐鹿，恰如运动场上赛跑，上千种不同的人物，穿着各式各样的花背心和运动鞋，用各自习惯的姿势，从跑道一端起始，飞奔而前。就中有仅仅跑完一个圈子，即已力不从心，摇摇头退下场了的。有跑到三五个圈子，个人独在前面，即以为大功告成而不再干的。有一面跑一面还打量到做点别的节省气力事情，因此装作摔了一跤，脚一跛一跛向公务员丛中消失了的。

也有得到亲戚、朋友、老板、爱人在旁拍巴掌叫好，自己却实在无出息，一阵子也败溃下来的。大致的说来，跑到三五年后，剩下的人数已不甚多。虽随时都有新补充分子上场，跑到十年后，剩下的可望到达终点的人就不过十来位了。设若这个竞赛是无终点的，每个人的终点即是死，工作的需要是发自于内的一点做人气概，以及支持三五十年的韧性，跑到后来很可能观众都不声不响，不拍掌也不叫好，多数作家难以为继，原是极其自然的。所以每三五年照例都有几个雄赳赳的人物，写了些得商人出力、读者花钱、同道捧尝官家道贺的作品，结果只在短短"时间"淘冶中，作品即已若存若亡，本人且有改业经商，发了三五万横财，讨个如夫人在家纳福的。或改业从政，作个小小公务员，写点子虚乌有报告的。或傍个小官，代笔做做秘书，安分乐生混日子下去的。

这些人倒真是得到了很好的出路！逝者如斯，不舍昼夜，历史虽短，也就够令人深思！

"得到多数"虽已成为一种社会习惯，在文学发展中，倒也许正要借重"时间"，把那个平庸无用的多数作家淘汰掉，让那个真有作为诚敬从事的少数，在极困难挫折中受试验，慢慢的有所表现，反而可望见出一点成绩。（三五个有好作品的作家，事实上比三五百挂名作家更为明日社会所需要，原是显然明白的。）对这个少数作家而言，我觉得他们的工作，正不妨从“文学”方面拉开，安放到“艺术”里去，因为他的写作心理状态，即容易与流行文学观日见背驰，已渐渐和过去中国一般艺术家相近。他不是为“出路”而写作，这个意见是我十三年前提起过的，我以为值得旧事重提，和大家讨论讨论。

记得是民国十七年秋天，徐志摩先生要我去一个私立大学讲“现代中国小说”，上堂时，但见百十个人头在下面转动，我知道许多“脑子”也一定在同样转动。我心想：“和这些来看我讲演的人，我说些什么较好？”所以就在黑板上写了一行字：“请你们让我休息十分钟吧。”我意思倒是咱们大家看看，比比谁看得深。我当然就在那里休息，实在说就是给大家欣赏我那个乱蓬蓬的头，那种狼狈神气。到末后，我开口了，一说就是两点钟。下课钟响后，走到长廊子上时，听到前面两个人说，“他究竟说些什么？”这种讲演从一般习惯看来，自然是失败了。那次“看”的人可能比“听”的人多，看的人或许还保留一个印象，听的人大致都早已忘掉了。忘不掉的只有我自己，因为算是用“人”教育“我”，真正上了一课。

这一课使我明白文字和语言、视和听给人的印象，情形大不相同。我写的小说，正因为与一般作品不大相同，人读它时觉得还新鲜，也似乎还能领会所要表现的思想内容。至于听到我说起小说写作，却又因为解释的与一般说法不同，与流行见解不合，弄得大家莫名其妙了。这对于我个人，真是一种离奇的教育。它刺激我在近十年中，继续用各种方式去试验，写了一些作品和读者对面。我写到的一堆故事，或者即已说明我对这个问题的意见和态度，若不曾从我作品中看出一点什么，这种单独的讲演，是只会作成你们的复述那个“他究竟是说什么”印象的。

其实当时说的并不稀奇古怪，不过太诚实一点罢了。“诚实”二字虽常常被文学作家和理论家提出，可是大多数人照例都怕和诚实对面。因为它似乎是个乡巴佬使用的名词，附于这个名词下的是：坦白，责任，超越功利而忠贞不易，超越得失而有所为有所不为。把这名词带到都市上来，对“玩”文学的人实在是毫无用处的。其实正是文学从商业转入政治，“艺术”或“技巧”都在被嘲笑中地位缩成一个零。以能体会时代风气写平庸作品自夸的，就大有其人。这些人或仿佛十分前进，或俨然异常忠实，用阿谀“群众”或阿谀“老板”方式，认为即可得到伟大成就。另外又有一部分作家，又认幽默为人生第一，超脱潇洒的用个玩票白相态度来有所写作，谐趣气氛的无节制，人生在作者笔下，即普遍成为漫画化。“浅显明白”的原则支配了作者心和手，其所以能够如此，即因为这个原则正可当做作品草率马虎的文饰。风气所趋，作者不甘落伍的，便各在一种预定的公式上写他的传奇，产生并完成他“有思想”的作品。或用一个滑稽讽笑的态度，来写他的无风格、无性格、平庸乏味的打哈哈作品。如此或如彼，目标所在是“得到多数”。用的是什么方法，所得到的又是什么，都不在意。

关于这一点，当时我就觉得，这是不成的。社会的混乱，如果一部分属于一般抽象原则价值的崩溃，作者还有点自尊心和自信心，应当在作品中将一个新的原则重建起来。应当承认作品完美即为一种秩序。一切社会的预言者，本身必须坚实而壮健，才能够将预言传递给人。作者不能只看今天明天，还得有个瞻望远景的习惯，五十年一百年世界上还有群众！新的文学要它有新意，且容许包含一个人生向上的信仰，或对国家未来的憧憬，必需得从另外一种心理状态来看文学，写作品，即超越商业习惯上的“成功”，完全如一个老式艺术家制作一件艺术品的虔敬倾心来处理，来安排。最高的快乐从工作本身即可得到，不待我求。这种文学观自然与当时“潮流”不大相合，所以对我本来怀有好感的，以为我莫名其妙，对我素无好感的，就说这叫做“落伍”“反动”。不过若注意到这是从左右两方面来的诅咒，就只能令人苦笑了。

我是个乡下人，乡下人的特点照例“相当顽固”，所以虽被派“落伍”了十三年，将来说不定还要被文坛除名，还依然认为一个作者不将作品与“商业”“政策”混在一处，他脑子会清明一些。他不懂商业或政治，且极可能把作品也写得像样些。他若是一个短篇小说作者，肯从中国传统艺术品取得一点知识，必将增加他个人生命的深度，增加他作品的深度。一句话，这点教育不会使他堕落的！如果他会从传统接受教育，得到启迪或暗示，有助于他的作品完整、深刻与美丽，并增加作品传递效果和永久性，都是极自然的。

我说的传统，意思并不是指从史传以来，涉及人事人性的叙述，两千多年来早有若干作品可以模仿取法。那么承受传统毫无意义可言。主要的是有个传统艺术空气，以及产生这种种艺术品的心理习惯，在这种艺术空气心理习惯中，过去中国人如何用一切不同的材料，不同的方法，来处理人的梦，而且又在同一材料上，用各样不同方法，来处理这个人此一时或彼一时的梦。艺术品的形成，都从支配材料着手，艺术制作的传统，即一面承认材料的本性，一面就材料性质注入他个人的想象和感情。虽加人工，原则上却又始终能保留那个物性天然的素朴。明白这个传统特点，我们就会明白中国文学可告给作家的，并不算多，中国一般艺术品告给我们的，实在太多太多了。

试从两种艺术品的制作心理状态，来看看它与现代短篇小说的相通处，也是件极有意义的事情。一由绘画涂抹发展而成的文字，一由石器刮削发展而成的雕刻，不问它是文人艺术或应用艺术，艺术品之真正价值，差不多全在于那个作品的风格和性格的独创上。从材料方面言，天然限制永远存在，从形式方面言，又有个社会习惯限制。然而一个优秀作家，却能够于限制中运用“巧思”，见出“风格”和“性格”。

说夸张一点，即是作者的人格，作者在任何情形下，都永远具有上帝造物的大胆与自由，却又极端小心，从不滥用那点大胆与自由超过需要。作者在小小作品中，也一例注入崇高的理想，浓厚的感情，安排得恰到好处时，即一块顽石，一把线，一片淡墨，一些竹头木屑的拼合，也见出生命洋溢。这点创造的心，就正是民族品德优美伟大的另一面。在过去，曾经产生过无数精美的绘画，形制完整的铜器或玉器，美丽温雅的瓷器，以及形色质料无不超卓的漆器。在当前或未来，若能用它到短篇小说写作上，用得其法，自然会有些珠玉作品，留到这个人间。这些作品的存在，虽若无补于当前，恰恰如杜甫、曹雪芹在他们那个时代一样，作者或传说饿死，或传说穷死，都缘于工作与当时价值标准不合。然而百年后或千载后的读者，反而唯有从这种作品中，取得一点生命力量，或发现一点智慧之光。

制砚石的高手，选材固在所用心，然而在一片石头上，如何略加琢磨，或就材质中小小毛病处，因材使用作一个小小虫蚀，一个小池，增加它的装饰性，一切都全看作者的设计，从设计上见出优秀与拙劣。一个精美砚石和一个优秀短篇小说，制作的心理状态（即如何去运用那点创造的心），情形应当约略相同。不同的为材料，一是石头，顽固而坚硬的石头，一是人生，复杂万状充满可塑性的人生。可是不拘是石头还是人生，若缺少那点创造者的“匠心独运”，是不会成为特出艺术品的。关于这件事，《红楼梦》作者曹雪芹，比我们似乎早明白了两百年。他不仅把石头比人，还用雕刻家的手法，来表现大观园中每一个人物，从语言行为中见身分性情，使两世纪后读者，还仿佛可看到这些纸上的人，全是些有血有肉有哀乐爱憎感觉的生物。（谈历史的多称道乾隆时代，其实那个辉辉煌煌的时代，除了遗留下一部《红楼梦》可作象征，别的作品早完了！）再从宋元以来中国人所作小幅绘画上注意。我们也可就那些优美作品设计中，见出短篇小说所不可少的慧心和匠心。

这些绘画无论是以人事为题材，以花草鸟兽云树水石为题材，"似真""逼真"都不是艺术品最高的成就，重要处全在"设计"。什么地方着墨，什么地方敷粉施彩，什么地方竟留下一大片空白，不加过问。有些作品尤其重要处，便是那些空白处不著笔墨处，因比例上具有无言之美，产生无言之教。

短篇小说的作者，能从一般艺术鉴赏中，涵养那个创造的心，在小小篇章中表现人性，表现生命的形式，有助于作品的完美，是无可疑的。

短篇小说的写作，从过去传统有所学习，从文字学文字，个人以为应当把诗放在第一位，小说放在末一位。一切艺术都容许作者注入一种诗的抒情，短篇小说也不例外。由于对诗的认识，将使一个小说作者对于文字性能具特殊敏感，因之产生选择语言文字的耐心。对于人性的智愚贤否、义利取舍形式之不同，也必同样具有特殊敏感，因之能从一般平凡哀乐得失景象上，触着所谓"人生"。尤其是诗人那点人生感慨，如果成为一个作者写作的动力时，作品的深刻性就必然因之而增加。至于从小说学小说，所得是不会很多的。

所以短篇小说的明日，是否能有些新的成就，据个人私意，也可以那么说，实有待于少数作者，是否具有勇气肯从一个广泛的旧的传统最好艺术品中，来学习取得那个创造的心，印象中保留着无数优秀艺术品的形式，生命中又充满活泼生机，工作上又不缺少自尊心和自信心，来在一个新的观点上，尝试他所努力从事的理想事业。

…………

tú huà yǔ rén shēng
图画与人生

丰子恺

学艺术是要恢复人的天真。

瓶·花之一　20×30cm　2001年　布面油彩

我今天所要讲的，是“图画与人生”。就是图画对人有什么用处？就是做人为什么要描图画，就是图画同人生有什么关系？

这问题其实很容易解说：图画是给人看看的。人为了要看看，所以描图画。图画同人生的关系，就只是“看看”。“看看”，好像是很不重要的一件事，其实同衣食住行四大事一样重要。这不是我在这里说大话，你只要问你自己的眼睛，便知道。眼睛这件东西，实在很奇怪：看来好像不要吃饭，不要穿衣，不要住房子，不要乘火车，其实对于衣食住行四大事，他都有份，都要干涉。人皆以为嘴巴要吃，身体要穿，人生为衣食而奔走，其实眼睛也要吃，也要穿，还有种种要求，比嘴巴和身体更难服侍呢。

所以要讲图画同人生的关系，先要知道眼睛的脾气。我们可拿眼睛来同嘴巴比较：眼睛和嘴巴，有相同的地方，有相异的地方，又有相关联的地方。

相同的地方在哪里呢？我们用嘴巴吃食物，可以营养肉体；我们用眼睛看美景，可以营养精神。——营养这一点是相同的。譬如看见一片美丽的风景，心里觉得愉快；看见一张美丽的图画，心里觉得欢喜。这都是营养精神的。所以我们可以说：嘴巴是肉体的嘴巴，眼睛是精神的嘴巴——二者同是吸收养料的器官。

相异的地方在哪里呢？嘴巴的辨别滋味，不必练习。无论哪一个人，只要是生嘴巴的，都能知道滋味的好坏，不必请先生教。所以学校里没有“吃东西”这一项科目。反之，眼睛的辨别美丑，即眼睛的美术鉴赏力，必须经过练习，方才能够进步。所以学校里要特设“图画”这一项科目，用以训练学生的眼睛。眼睛和嘴巴的相异，就在要练习和不要练习这一点上。譬如现在有一桌好菜，都是山珍海味，请一位大艺术家和一位小学生同吃。他们一样地晓得好吃。反之，倘看一幅名画，请大艺术家看，他能完全懂得它的好处。请小学生看，就不能完全懂得，或者莫名其妙。

可见嘴巴不要练习，而眼睛必须练习。所以嘴巴的味觉，称为“下等感觉”。眼睛的视觉，称为“高等感觉”。

相关联的地方在哪里呢？原来我们吃东西，不仅用嘴巴，同时又兼用眼睛。所以烧一碗菜，油盐酱醋要配得好吃，同时这碗菜的样子也要装得好看。倘使乱七八糟地装一下，即使滋味没有变，但是我们看了心中不快，吃起来滋味也就差一点。反转来说，食物的滋味并不很好，倘使装璜得好看，我们见了，心中先起快感，吃起来滋味也就好一点。学校里的厨房司务很懂得这个道理。他们做饭菜要偷工减料，常把形式装得很好看。风吹得动的几片肉，盖在白菜面上，排成图案形。两三个铜板一斤的萝卜，切成几何形体，装在高脚碗里，看去好像一盘金刚石。学生走到饭厅，先用眼睛来吃，觉得很好。随后用嘴巴来吃，也就觉得还好。倘使厨房司务不懂得装菜的办法，各地的学校恐怕天天要闹一次饭厅呢。外国人尤其精通这个方法。洋式的糖果，作种种形式，又用五色纸、金银纸来包裹。拿这种糖请盲子吃，味道一定很平常。但请亮子吃，味道就好得多。因为眼睛帮嘴巴在那里吃，故形式好看的，滋味也就觉得好些。

眼睛不但和嘴巴相关联，又和其他一切感觉相关联。譬如衣服。原来是为了身体温暖而穿的，但同时又求其质料和形式的美观。譬如房子，原来是为了遮蔽风雨而造的，但同时又求其建筑和布置的美观。可知人生不但用眼睛吃东西，又用眼睛穿衣服用眼睛住房子。古人说："人之所以异于禽兽者，几希。"我想，这"几希"恐怕就在眼睛里头。

人因为有这样的一双眼睛，所以人的一切生活，实用之外又必讲求趣味。一切东西，好用之外又求其好看。一匣自来火，一只螺旋钉，也在好用之外力求其好看。这是人类的特性。人类在很早的时代就具有这个特性。在上古，穴居野处，茹毛饮血的时代，人们早已懂得装饰。他们在山洞的壁上描写野兽的模样，在打猎用的石刀的柄上雕刻图案的花纹，又在自己的身体上施以种种装饰，表示他们要好看；这种心理和行为发达起来，进步起来，就成为"美术。"故美术是为了眼睛的要求而产生的- 种文化。故人生的衣食住行，从表面看来好像和眼睛都没有关系，其实件件都同眼睛有关。越是文明进步的人，眼睛的要求越是大。人人都说"面包问题"是人生的大事。其实人生不单要吃，又要看；不单为嘴巴，又为眼睛；不单靠面包，又靠美术。面包是肉体的食粮，美术是精神的食粮。没有了面包，人的肉体要死。没有了美术，人的精神也要死——人就同禽兽一样。

上面所说的，总而言之，人为了有眼睛，故必须有美术。现在我要继续告诉你们：一切美术，以图画为本位，所以人人应该学习图画。原来美术共有四种，即建筑、雕塑、图画和工艺。建筑就是造房子之类，雕塑就是塑铜像之类，图画不必说明，工艺就是制造什用器具之类。这四种美术，可用两种方法来给它们分类。

第一种，依照美术的形式而分类，则建筑、雕刻、工艺，在立体上表现的，叫做“立体美术”。图画，在平面上表现的，叫做“平面美术”。第二种，依照美术的用途而分类，则建筑、雕塑、工艺，大多数除了看看之外又有实用的（譬如住宅供人居住，铜像供人瞻拜，茶壶供人泡茶），叫做“实用美术”。图画，大多数只给人看看，别无实用的，叫做“欣赏美术”。这样看来，图画是平面美术，又是欣赏美术。为什么这是一切美术的本位呢？其理由有二：第一，因为图画能在平面上作立体的表现，故兼有平面与立体的效果。这是很明显的事，平面的画纸上描一只桌子，望去四只脚有远近。描一条走廊，望去有好几丈长。描一条铁路，望去有好几里远。因为图画有两种方法，能在平面上假装出立体来，其方法叫做“远近法”和“阴影法”。用了远近法，一寸长的线可以看成好几里路。用了阴影法，平面的可以看成凌空。故图画虽是平面的表现，却包括立体的研究。所以学建筑、学雕塑的人，必须先从学图画入手。美术学校里的建筑科、雕塑科，第一年的课程仍是图画，以后亦常常用图画为辅助。反之，学图画的人，就不必兼学建筑或雕塑。

第二，因为图画的欣赏可以应用在实际生活上，故图画兼有欣赏与实用的效果。譬如画一只苹果，一朵花，这些画本身原只能看看，毫无实用。但研究了苹果的色彩，可以应用在装饰图案上；研究了花瓣的线条，可以应用在磁器的形式上。所以欣赏不是无用的娱乐，乃是间接的实用。所以学校里的图画科，尽管画苹果、香蕉、花瓶、茶壶等没有用处的画，但由此所得的眼睛的练习，却受用无穷。

因了这两个理由——图画在平面中包括立体，在欣赏中包括实用——所以图画是一切美术的本位。我们要有美术的修养，只要练习图画就是。但如何练习，倒是一件重要的事，要请大家注意。上面说过，图画兼有欣赏与实用两种效果。欣赏是美的，实用是真的，故图画练习必要兼顾“真”和“美”这两个条件。具体地说：譬如描一瓶花，要仔细观察花、叶、瓶的形状、大小、方向、色彩，不使描错。这是“真”的方面的工夫。同时又须巧妙地配合，巧妙地布置，使它妥帖。这是“美”的方面的工夫。换句话说，我们要把这瓶花描得像真物一样，同时又要描得美观。再换一句话说，我们要模仿花、叶、瓶的形状色彩，同时又要创造这幅画的构图。总而言之，图画要兼重描写和配置、肖似和美观、模仿和创作，即兼有真和美。偏废一方面的，就不是正当的练习法。

在中国，图画观念错误的人很多。其错误就由于上述的真和美的偏废而来，故有两种。

第一种偏废美的，把图画看作照相，以为描画的目的但求描得细致，描得像真的东西一样。称赞一幅画好，就说“描得很像”。批评一幅画坏，就说“描得不像”。这就是求真而不求美，但顾实用而不顾欣赏，是错误的。图画并非不要描得像，但像之外又要它美。没有美而只有像，顶多只抵得一张照相。现在照相机很便宜，三五块钱也可以买一只。我们又何苦费许多宝贵的钟头来把自己的头脑造成一架只值三五块钱的照相机呢？这是偏废了美的错误。

第二种，偏废真的，把图画看作“琴棋书画”的画。以为“画画儿”，是一种娱乐，是一种游戏，是消遣的。于是上图画课的时候，不肯出力，只思享乐。形状还描不正确，就要讲画意。颜料还不会调，就想制作品。这都是把图画看作“琴棋书画”的画的原故。原来弹琴、写字、描画，都是高深的艺术。不知哪一个古人，把“下棋”这种玩意儿凑在里头，于是琴、书、画三者都带了娱乐的、游戏的、消遣的性质，降低了它们的地位，这实在是亵渎艺术！“下棋”这一件事，原也很难；但其效用也不过像叉麻雀，消磨光阴，排遣无聊而已，不能同音乐、绘画、书法排在一起。倘使下棋可算是艺术，叉麻雀也变成艺术，学校里不妨添设一科“麻雀”了。但我国有许多人，的确把音乐、图画看成与麻雀相近的东西。这正是“琴棋书画”四个字的流弊。现代的青年，非改正这观念不可。

图画为什么和下棋、叉麻雀不同呢？就是为了图画有一种精神——图画的精神，可以陶冶我们的心。这就是拿描图画一样的真又美的精神来应用在人的生活上。怎样应用呢？我们可拿数学来作比方：数学的四则问题中，有龟鹤问题：龟鹤同住在一个笼里，一共几个头，几只脚，求龟鹤各几只？又有年龄问题：几年前父年为子年的几倍，几年后父年为子年的几倍？这种问题中所讲的事实，在人生中难得逢到。有谁高兴真个把乌龟同鹤关在一只笼子里，教人猜呢？又有谁真个要算父年为子年的几倍呢？这原不过是要借这种奇奇怪怪的问题来训练人的头脑，使头脑精密起来。然后拿这精密的头脑来应用在人的一切生活上。我们又可拿体育来比方，体育中有跳高、跳远、掷铁球、掷铁饼等武艺。这在我们的日常生活中也很少用处。有谁常要跳高、跳远，有谁常要掷铁球、铁饼呢？这原不过是要借这种武艺来训练人的体格，使体格强健起来。然后拿这强健的体格去做人生一切的事业。图画就同数学和体育一样。人生不一定要画苹果、香蕉、花瓶、茶壶。原不过要借这种研究来训练人的眼睛，使眼睛正确而又敏感，真而又美。然后拿这真和美来应用在人的物质生活上，使衣食住行都美化起来；应用在人的精神生活上，使人生的趣味丰富起来。这就是所谓“艺术的陶冶”。图画原不过是“看看”的。但因为眼睛是精神的嘴巴，美术是精神的粮食，图画是美术的本位，故“看看”这件事在人生竟有了这般重大的意义。今天在收音机旁听我讲演的人，一定大家是有一双眼睛的，请各自体验一下，看我的话有没有说错。

艺术常被人视为娱乐的、消遣的玩物，故艺术的效果也就只是娱乐与消遣而已。有人反对此说，为艺术辩护，说艺术是可以美化人生，陶冶性灵的。但他们所谓“美化人生”，往往只是指房屋、衣服的装饰；他们所谓“陶冶性灵”，又往往是附庸风雅之类的浅见。结果把艺术看作一种虚空玄妙、不着边际的东西。这都是没有确实地认识艺术的效果之故。

艺术及于人生的效果，其实是很简明的：不外乎吾人面对艺术品时直接兴起的作用，及研究艺术之后间接受得的影响。前者可称为艺术的直接效果，后者可称为艺术的间接效果。即前者是“艺术品”的效果，后者是“艺术精神”的效果。

直接效果，就是我们创作或鉴赏艺术品时所得的乐趣。这乐趣有两方面，第一是自由，第二是天真。试分述之：研究艺术（创作或欣赏），可得自由的乐趣。因为我们平日的生活，都受环境的拘束。所以我们的心不得自由舒展，我们对付人事，要谨慎小心，辨别是非，打算得失。我们的心境，大部分的时间是戒严的。惟有学习艺术的时候，心境可以解严，把自己的意见、希望与理想自由地发表出来。这时候，我们享受一种快慰，可以调剂平时生活的苦闷。例如世间的美景，是人们所喜爱的。但是美景不能常出现。我们的生活的牵制又不许我们常去找求美景。我们心中要看美景，而实际上不得不天天厕身在尘嚣的都市里，与平凡、污旧而看厌了的环境相对。于是我们要求绘画了。我们可在绘画中自由描出所希望的美景。雪是不易保留的，但我们可使它终年不消，又并不冷。虹是转瞬就消失的，但我们可使它永远常存，在室中，在晚上，也都可以欣赏。鸟见人要飞去的，但我们可以使它永远停在枝头，人来了也不惊。大瀑布是难得见的，但我们可以把它移到客堂间或寝室里来。上述的景物无论自己描写，或欣赏别人的描写，同样可以给人心一种快慰，即解放、自由之乐。这是就绘画讲的。更就文学中看：文学是时间艺术，比绘画更为生动。故我们在文学中可以更自由地高歌人生的悲欢，以遣除实际生活的苦闷。例如我们这世间常有饥寒的苦患，我们想除掉它，而事实上未能做到。

于是在文学中描写丰足之乐，使人看了共爱、共勉、共图这幸福的实现。古来无数描写田家乐的诗便是其例。又如我们的世间常有战争的苦患。我们想劝世间的人不要互相侵犯，大家安居乐业，而事实上不能做到。于是我们就在文学中描写理想的幸福的社会生活，使人看了共爱、共勉、共图这种幸福的实现。陶渊明的《桃花源记》，便是一例。我们读到“豁然开朗，土地平旷，屋舍俨然。有良田美池桑竹之属。阡陌交通，鸡犬相闻。……黄发垂髫，并怡然自乐”等文句，心中非常欢喜，仿佛自己做了渔人或桃花源中的一个住民一样。我们还可在这等文句外，想象出其他的自由幸福的生活来，以发挥我们的理想。有人说这些文学是画饼充饥，聊以自慰而已。其实不然，这是理想的实现的初步。空想与理想不同。空想原是游戏似的，理想则合乎理性。只要方向不错，理想不妨高远。理想越高远，创作欣赏时的自由之乐越多。

其次，研究艺术，可得天真的乐趣。我们平日对于人生自然，因为习惯所迷，往往不能见到其本身的真相。惟有在艺术中，我们可以看见万物的天然的真相。例如我们看见朝阳，便想道，这是教人起身的记号。看见田野，便想道，这是人家的不动产。看见牛羊，便想道，这是人家的牲口。看见苦人，便想道，他是穷的原故。在习惯中看来，这样的思想，原是没有错误的；然而都不是这些事象的本身的真相。因为除去了习惯，这些都是不可思议的现象，岂可如此简单地武断？朝阳，分明是何等光明灿烂，神秘伟大的自然现象！岂是为了教人起身而设的记号？田野，分明是自然风景的一部分，与人家的产业何关？牛羊，分明自有其生命的意义，岂是为给人家杀食而生的？穷人分明是同样的人，为什么偏要受苦呢？原来造物主创造万物，各正性命，各自有存在的意义，当初并非以人类为主而造。后来“人类”这种动物聪明进步起来，霸占了这地球，利用地球上的其他物类来供养自己。久而久之，成为习惯，便假定万物是为人类而设的；果实是供人采食而生的，牛羊是供人杀食而生的，日月星辰是为人报时而设的；甚而至于在人类自己的内部，也由习惯假造出贫富贵贱的阶级来，大家视为当然。

这样看来，人类这种动物，已被习惯所迷，而变成单相思的状态，犯了自大狂的毛病了。这样说来，我们平日对于人生自然，怎能看见其本身的真相呢？艺术好比是一种治单相思与自大狂的良药。惟有在艺术中，人类解除了一切习惯的迷障，而表现天地万物本身的真相。画中的朝阳，庄严伟大，永存不灭，才是朝阳自己的真相。画中的田野，有山容水态，绿笑红颦，才是大地自己的姿态。美术中的牛羊，能忧能喜，有意有情，才是牛羊自己的生命。诗文中的贫士、贫女，如冰如霜，如玉如花，超然于世故尘网之外，这才是人类本来的真面目。所以说，我们惟有在艺术中可以看见万物的天然的真相。

我们打破了日常生活的传统习惯的思想而用全新至净的眼光来创作艺术、欣赏艺术的时候，我们的心境豁然开朗，自由自在，天真烂漫。好比做了六天工作逢到一个星期日，这时候才感到自己的时间的自由。又好比长夜大梦一觉醒来，这时候才回复到自己的真我。所以说，我们创作或鉴赏艺术，可得自由与天真的乐趣，这是艺术的直接的效果，即艺术品及于人心的效果。

间接的效果，就是我们研究艺术有素之后，心灵所受得的影响，换言之，就是体得了艺术的精神，而表现此精神于一切思想行为之中。这时候不需要艺术品，因为整个人生已变成艺术品了。这效果的范围很广泛，简要地说，可指出两点：第一是远功利，第二是归平等。

如前所述，我们对着艺术品的时候，心中撤去传统习惯的拘束，而解严开放，自由自在，天真烂漫。这种经验积得多了，我们便会酌取这种心情来对付人世之事，就是在可能的范围内，把人世当作艺术品看。我们日常对付人世之事，如前所述，常是谨慎小心，辨别是非，打算得失的。换言之，即常以功利为第一念的。人生处世，功利原不可不计较，太不计较是不能生存的。但一味计较功利，直到老死，人的生活实在太冷酷而无聊，人的生命实在太廉价而糟塌了。所以在不妨碍现实生活的范围内，能酌取艺术的非功利的心情来对付人世之事，可使人的生活温暖而丰富起来，人的生命高贵而光明起来。所以说，远功利，是艺术修养的一大效果。例如对于雪，用功利的眼光看，既冷且湿，又不久留，是毫无用处的。但倘能不计功利，这一片银世界实在是难得的好景，使我们的心眼何等地快慰！即使人类社会不幸，有人在雪中挨冻，也能另给我们一种艺术的感兴，像白居易的讽喻诗等。但与雪的美无伤，因为雪的美是常，社会的不幸是变，我们只能以常克变，不能以变废常的。又如瀑布，不妨利用它来舂米或发电，作功利的打算。但不要使人为的建设妨碍天然的美，作杀风景的行为。又如田野，功利地看来，原只是作物的出产地，衣食的供给处。但从另一方面看，这实在是一种美丽的风景区。懂得了这看法，我们对于阡陌、田园，以至房屋、市街，都能在实用之外讲求其美观，可使世间到处都变成风景区，给我们的心眼以无穷的快慰。而我们的耕种的劳作，也可因这非功利的心情而增加兴趣。陶渊明《躬耕》诗有句云："虽未量岁功，即事多所欣"，便是在功利的工作中酌用非功利的态度的一例。

最后要讲的艺术的效果，是归平等。我们平常生活的心，与艺术生活的心，其最大的异点，在于物我的关系上。平常生活中，视外物与我是对峙的。艺术生活中，视外物与我是一体的。对峙则物与我有隔阂，我视物有等级。一体则物与我无隔阂，我视物皆平等。故研究艺术，可以养成平等观。艺术心理中有一种叫做"感情移入"的（德名 Einfüluny，英名 Empathy），在中国画论中，即所谓“迁想妙得”。就是把我的心移入于对象中，视对象为与我同样的人。于是禽兽、草木、山川、自然现象，皆有情感，皆有生命。所以这看法称为“有情化”，又称为“活物主义”。画家用这看法观看世间，则其所描写的山水花卉有生气，有神韵。中国画的最高境“气韵生动”，便是由这看法而达得的。不过画家用形象、色彩来把形象有情化，是暗示的；即但化其神，不化其形的。故一般人不易看出。诗人用言语来把物象有情化，明显地直说，就容易看出。例如禽兽，用日常的眼光看，只是愚蠢的动物。但用诗的眼光看，都是有理性的人。如古人诗曰：“年丰牛亦乐，随意过前村。”又曰：“惟有旧巢燕，主人贫亦归。”推广一步，植物亦皆有情。故曰：“岸花飞送客，樯燕语留人。”又曰：“可怜汾上柳，相见也依依。”并推广一步，矿物亦皆有情。故曰：“相看两不厌，只有敬亭山。”又曰：“人心胜潮水，相送过浔阳。”更推广一步，自然现象亦皆有情。故曰：“举杯邀明月，对影成三人。”又曰：“春风知别苦，不遣柳条青。”此种诗句中所咏的各物，如牛、燕、岸花、汾上柳、敬亭山、潮水、明月、春风等，用物我对峙的眼光看，皆为异类。但用物我一体的眼光看，则均是同群，均能体恤人情，可以相见、相看、相送，甚至于对饮。这是艺术上最可贵的一种心境。

习惯了这种心境，而酌量应用这态度于日常生活上，则物我对敌之势可去，自私自利之欲可熄，而平等博爱之心可长，一视同仁之德可成。就事例而讲：前述的乞丐，你倘用功利心、对峙心来看，这人与你不关痛痒，对你有害无利；急宜远而避之，叱而去之。若有人说你不慈悲，你可振振有词："我有钞票，应该享福；他没有钱，应该受苦，与我何干？"世间这样存心的人很多。这都是功利迷心，我欲太深之故。你倘能研究几年艺术，从艺术精神上学得了除去习惯的假定，撤去物我的隔阂的方面而观看，便见一切众生皆平等，本无贫富与贵贱。乞丐并非为了没有钞票而受苦，实在是为了人心隔阂太深，人间不平等而受苦。

唐朝的诗人杜牧有幽默诗句云："公道世间惟白发，贵人头上不曾饶。"看似滑稽，却很严肃。白发是天教生的，可见天意本来平等，不平等是后人造作的。学艺术是要恢复人的天真。

多子多福之二　80×65cm　2004年　布面油彩

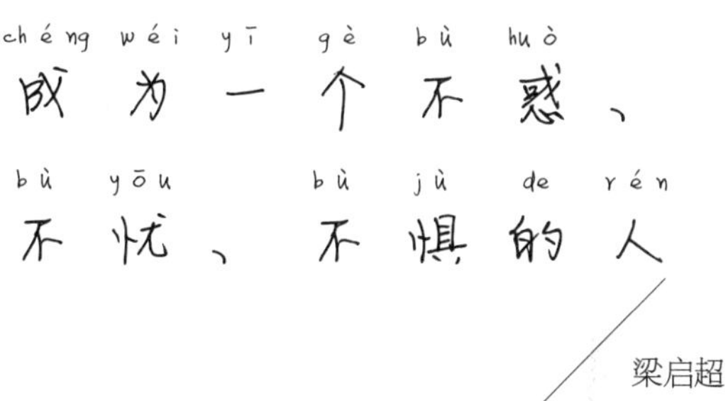

诸君啊，醒醒罢！养足你的根本智慧，体验出你的人格人生观，保护好你的自由意志。你成人不成人，就看这几年哩！

瓶·花之二　20×30cm　2001年　布面油彩

诸君！我在南京讲学将近三个月了，这边苏州学界里，有好几回写信邀我，可惜我在南京是天天有功课的，不能分身前来。今天到这里，能够和全城各校诸君聚在一堂，令我感激的很，但有一件，还要请诸君原谅：因为我一个月以来，都带着些病，勉强支持，今天不能作很长的讲演，恐怕有负诸君期望哩。

问诸君“为什么进学校？”

我想人人都会众口一词的答道：“为的是求学问。”再问：“你为什么要求学问？”“你想学些什么？”恐怕各人的答案就很不相同，或者竟自答不出来了。诸君啊！我替你们回答一句罢：“为的是学做人。”你在学校里头学的什么数学、几何、物理、化学、生理、心理、历史、地理、国文、英语，乃至什么哲学、文学、科学、政治、法律、经济、教育、农业、工业、商业等等，不过是做人所需的一种手段，不能说专靠这些便达到做人的目的，任凭你把这些件件学的精通，你能够成个人不成个人还是个问题。

人类心理，有知、情、意三部分。这三部分圆满发达的状态，我们先哲名为三达德——智、仁、勇。为什么叫做“达德”呢？因为这三件事是人类普通道德的标准，总要三个具备，才能成一个人。三件的完成状态怎么样呢？孔子说：“知者不惑，仁者不忧，勇者不惧。”所以教育应分为知育、情育、意育三方面，——现在讲的智育、德育、体育不对，德育范围太笼统，体育范围太狭隘——知育要教到人不惑，情育要教到人不忧，意育要教到人不惧。教育家教育学生，应该以这三件为究竟，我们自动的自己教育自己，也应该以这三件为究竟。

怎么样才能不惑呢？

最要紧的是养成我们的判断力。想要养成判断力，第一步，最少须有相当的常识，进一步，对于自己要做的事须有专门智识，再进一步，还要有遇事能断的智慧。

假如一个人连常识都没有，听见打雷，说是雷公发威，看见月蚀，说是蛤蟆贪嘴。那么，一定闹到什么事都没有主意，碰到一点疑难问题，就靠求神问卜看相算命去解决，真所谓“大惑不解”，成了最可怜的人了。学校里小学中学所教，就是要人有了许多基本的知识，免得凡事都暗中摸索。

但仅仅有点常识还不够，我们做人，总要各有一件专门职业。这门职业，也并不是我一人破天荒去做，从前已经许多人做过，他们积累了无数经验，发现出好些原理原则，这就是专门学识。我打算做这项职业，就应该有这项专门的学识。例如我想做农吗，怎么的改良土壤，怎么的改良种子，怎么的防御水旱病虫，等等，都是前人经验有得成为学识的；我们有了这种学识，应用他来处置这些事，自然会不惑，反是则惑了。做工、做商等等都各有他的专门学识，也是如此。我想做财政家吗，何种租税可以生出何样结果，何种公债可以生出何样结果等等，都是前人经验有得成为学识的；我们有了这种学识，应用他来处置这些事，自然会不惑，反是则惑了。教育家、军事家等等，都各有他的专门学说，也是如此。

我们在高等以上学校所求的知识，就是这一类。但专靠这种常识和学识就够吗？还不能。宇宙和人生是活的不是呆的，我们每日碰见的事理是复杂的变化的，不是单纯的刻板的，倘若我们只是学过这一件，才懂这一件，那么，碰着一件没有学过的事来到跟前，便手忙脚乱了。

所以还要养成总体的智慧，才能有根本的判断力。这种总的智慧如何才能养成呢？第一件，要把我们向来粗浮的脑筋着实磨炼他，叫他变成细密而且踏实。那么，无论遇着如何繁难的事，我都可以彻头彻尾想清楚他的条理，自然不至于惑了。

第二件，要把我们向来浑浊的脑筋，着实将养他，叫他变成清明。那么，一件事理到跟前，我才能很从容很莹澈的去判断他，自然不至于惑了。以上所说常识学识和总体的智慧，都是知育的要件，目的是教人做到“知者不惑”。

怎么样才能不忧呢？

为什么仁者便会不忧呢？想明白这个道理，先要知道中国先哲的人生观是怎么样。“仁”之一字，儒家人生观的全体大用都包在里头。“仁”到底是什么？很难用言语说明，勉强下个解释，可以说是：“普遍人格之实现。”孔子说：“仁者人也。”意思是说人格完成就叫做“仁”。

但我们要知道，人格不是单独一个人可以表现的，要从人和人的关系上来看。所以仁字从二人，郑康成解他做“相人偶”。总而言之，要彼此交感互发，成为一体，然后我的人格才能实现。所以我们若不讲人格主义，那便无话可说；讲到这个主义，当然归宿到普遍人格。换句话说，宇宙即是人生，人生即是宇宙，我们的人格，和宇宙无二区别，体验得这个道理，就叫做“仁者”。然则这种仁者为什么就会不忧呢？大凡忧之所从来，不外两端，一曰忧成败，二曰忧得失。我们得着“仁”的人生观，就不会忧成败。为什么呢？因为我们知道宇宙和人生是永远不会圆满的，所以《易经》六十四卦，始“乾”而终“未济”。正为在这永远不会圆满的宇宙中，才永远容得我们创造进化。

我们所做的事，不过在宇宙进化几万万里的长途中，往前挪一寸，两寸，哪里配说成功呢？然则不做怎么样呢？不做便连这一寸都不往前挪，那可真是失败了。

“仁者”看透这种道理，信得过只有不做事才算失败，肯做事便不会失败。所以《易经》说：“君子以自强不息。”换一方面来看，他们又信得过凡事不会成功的几万万里路挪了一两寸，算成功吗？所以《论语》：“知其不可而为之。”你想，有这种人生观的人，还有什么成败可忧呢？

再者，我们得着“仁”的人生观，便不会忧得失。为什么呢？因为认定这件东西是我的，才有得失之可言。连人格都不是单独存在，不能明确的画出这一部分是我的，那一部分是人家的，然则哪里有东西可以为我们所得？既已没有东西为我所得，当然也没有东西为我所失。

我只是为学问而学问，为劳动而劳动，并不是拿学问劳动等做手段来达某种目的——可以为我们“所得”的。所以老子说：“生而不有，为而不恃。”“既以为人己愈有，既以与人己愈多。”你想，有这种人生观的人，还有什么得失可忧呢？总而言之，有了这种人生观，自然会觉得“天地与我并生，而万物与我为一”，自然会“无人而不自得”。他的生活，纯然是趣味化艺术化。这是最高的情感教育，目的教人做到“仁者不忧”。

怎么样才能不惧呢？

有了不惑不忧功夫，惧当然会减少许多了。但这是属于意志方面的事。一个人若是意志力薄弱，便会有丰富的智识，临时也会用不着，便有优美的情操，临时也会变了卦。然则意志怎么会才坚强呢？头一件须要心地光明，孟子说：“浩然之气，至大至刚。行有不慊于心，则馁矣。”又说：“自反而不缩，虽褐宽博，吾不惴焉；自反而缩，虽千万人，吾往矣。”

俗话说得好：“生平不作亏心事，夜半敲门心不惊。”一个人要保持勇气，须要从一切行为可以公开做起，这是第一着。第二件要不为劣等欲望之所牵制。

《论语》记：子曰：“吾未见刚者。”或对曰伸枨。子曰：“枨也欲，焉刚。”一被物质上无聊得嗜欲东拉西扯，那么百炼成刚也会变成绕指柔了。总之，一个人的意志，由刚强变为薄弱极易，由薄弱返到刚强极难。一个人有了意志薄弱的毛病，这个人可就完了。

自己作不起自己的主，还有什么事可做？受别人压制，做别人奴隶，自己只要肯奋斗，终必能恢复自由。自己的意志做了自己情欲的奴隶，那么，真是万劫沉沦，永无恢复自由的余地，终身畏首畏尾，成了个可怜人了。

孔子说：“和而不流，强哉矫；中立而不倚，强哉矫。国有道，不变塞焉，强哉矫；国无道，至死不变，强哉矫。”我老实告诉诸君说罢，做人不做到如此，决不会成一个人。但做到如此真是不容易，非时时刻刻做磨炼意志的功夫不可，意志磨炼得到家，自然是看着自己应做得事，一点不迟疑，扛起来便做，“虽千万人吾往矣。”这样才算顶天立地做一世人，绝不会有藏头躲尾左支右绌的丑态。这便是意育的目的，要教人做到“勇者不惧”。

我们拿这三件事作做人的标准，请诸君想想，我自己现时做到哪一件——哪一件稍微有一点把握。倘若连一件都不能做到，连一点把握都没有，嗳哟！那可真危险了，你将来做人恐怕做不成。讲到学校里的教育吗，第二层的情育，第三层的意育，可以说完全没有，剩下的只有第一层的知育。就算知育罢，又只有所谓常识和学识，至于我所讲的总体智慧靠来养成根本判断力的，却是一点儿也没有。

这种“贩卖知识杂货店”的育，把他前途想下去，真令人不寒而栗！现在这种教育，一时又改革不来，我们可爱的青年，除了他更没有可以受教育的地方。诸君啊！你到底还要做人不要？你要知道危险呀，非你自己抖擞精神方法自救，没有人救你呀！

诸君啊！你千万别要以为得些断片的智识，就算是有学问呀。我老实不客气告诉你罢；你如果做成一个人，知识自然是越多越好：你如果做不成一个人，知识却是越多越坏。你不信吗？试想想全国人所唾骂的卖国贼某人某人，是有智识的呀，还是没有智识的呢？试想想全国人所痛恨的官僚政客——专门助军阀作恶鱼肉良民的人，是有智识的呀，还是没有智识的呢？诸君须知道啊，这些人当十几年前在学校的时代，意气横历，天真烂漫，何尝不和诸君一样？为什么就会堕落到这样的田地呀？

屈原说：“何昔日之芳草兮，今直为此萧艾也！岂其有他故兮，莫好修之害也。”天下最伤心的事，莫过于看着一群好好的青年，一步一步的往坏路上走。诸君猛醒啊！现在你所厌所恨的人，就是你前车之鉴了。

诸君啊！你现在怀疑吗？沉闷吗？悲哀痛苦吗？觉得外边的压迫你不能抵抗吗？我告诉你：你怀疑和沉闷，便是你因不知才会惑；你悲哀痛苦，便是你因不仁才会忧；你觉得你不能抵抗外界的压迫，便是你因不勇才有惧。这都是你的知、情、意未经过修养磨炼，所以还未成个人。我盼望你有痛切的自觉啊！有了自觉，自然会成功。那么，学校之外，当然有许多学问，读一卷经，翻一部史，到处都可以发现诸君的良师呀！

诸君啊，醒醒罢！养足你的根本智慧，体验出你的人格人生观，保护好你的自由意志。你成人不成人，就看这几年哩！

jīn rì qīng nián zhī ruò diǎn
今日青年之弱点

章太炎

今后之青年做事皆宜彻底，

不要虚慕那人道主义。

瓶·花之四 20×30cm 2001年 布面油彩

现在青年第一弱点，就是把事情太看容易，其结果不是侥幸，便是退却。

因为大凡作一件事情，在起初的时候，很不容易区别谁为杰出之士，必须历练许多困难，经过相当时间，然后才显得出谁为人才，其所造就方才可靠。

近来一般人士皆把事情看得容易，亦有时凑巧居然侥幸成功。他们成功既是侥幸得来，因之他们凡事皆想侥幸成功。但是天下事哪有许多侥幸呢？于是乎一遇困难，即刻退却。所以近来人物一时侥幸成功，则誉满天下；一时遇着困难废然而返，则毁谤丛集。譬如辛亥革命侥幸成功，为时太速，所以当时革命诸人多半未经历练，真才不易显出。

诸君须知，凡侥幸成功之事，便显不出谁是勇敢，谁是退却，因之杂乱无章，遂无首领之可言。假使当时革命能延长时间三年，清廷奋力抵抗，革命诸人由那艰难困苦中历练出来，既无昔日之侥幸成功，何至于有今日之纷纷退却。

又如孙中山之为人，私德尚好，就是把事情看得太容易，实是他的最大弱点。现在青年只有将这个弱点痛改，遇事宜慎重，决机宜敏速，抱志既极坚确，观察又极明了，则无所谓侥幸退却，只有百折千回以达吾人最终之目的而已。

现在青年第二个弱点，就是妄想凭藉已成势力。

本来自己是有才能的，因为要想凭藉已成势力。就将自己原有之才能皆一并牺牲，不能发展。譬如辛亥革命，大家皆利用袁世凯推翻清廷，后来大家都上了袁世凯的当。历次革命之利用陆荣廷岑春暄，皆未得良好结果。若使革命诸人听由自己的力量，一步一步的做去，旗帜鲜明，宗旨确定，未有不成功的。

你们的少年中国学会，主张不利用已成势力我是很赞成的。不过已成势力，无论大小，皆不宜利用。宗旨确定，向前做去，自然志同道合的青年一天多似一天，那力量就不小了。惟最要紧的须要耐得过这寂寞的日子，不要动那凭藉势力的念头。

现在青年的第三个弱点，就是虚慕文明。

虚慕那物质上的文明，其弊是显而易见的。就是虚慕那人道主义，也是有害的。原来人类性质，凡是能坚忍的人，都是含有几分残忍性，不过他时常勉强抑制，不易显露出来。有时抑制不住，那残忍性质便和盘托出。

譬如曾文正破九江的时候，杀了许多人，所杀者未必皆是洪杨党人，那就是他的残忍性抑制不住的表示，也就是他除恶务尽的办法。这次欧洲大战，死了多少人，用了若干钱，直到德奥屈服，然后停战。我们试想欧战四年中，死亡非不多，损失非不大，协约各国为甚么不讲和呢？这就是欧美人做事彻底的表现，也就是除恶务尽的办法。

现在中国是煦煦为仁的时代，既无所谓坚忍，亦无所谓残忍，当道者对于凶横蛮悍之督军，卖国殃民之官吏，无不包容之奖励之，决不妄杀一个，是即所谓人道主义。今后之青年做事皆宜彻底，不要虚慕那人道主义。

现在青年第四个弱点，就是好高骛远。

在求学时代，都以将来之大政治家自命，并不踏踏实实去求学问。在少年时代，偶然说几句大话，将来偶然成功，那些执笔先生就称他为少年大志。譬如郑成功做了一篇小子当洒扫应对进退的八股，中有汤武征诛，亦洒扫也；尧舜揖让，亦进退也；小子当之，有何不可数语。不过偶然说几句话而已，后人遂称他为少年有大志。

故现在青年之好高骛远，在青年自身当然亟应痛改。即前辈中之好以（少年有大志）奖励青年者，亦当负咎。我想欧美各国青年在求学时代，必不如中国青年之好高骛远。大家如能踏踏实实去求学问，始足与各国青年相竞争于二十世纪时代也。

jié hūn shēng huó bù shì wán

结婚生活不是完

quán mù zài mì yù lǐ de

全沐在蜜浴里的

林语堂

世上没有不吵过架的夫妇。

花想容之二 70×50cm 2012年 布面油彩

以前在哪儿说过，假如有人仿安徒生作“无色之画”，做几篇无听众的演讲，可以做得十分出色。这种演讲的好处，在于因无听众，可以少忌讳，畅所欲言，似颇合“旁若无人”之义。以前我曾在中西女塾劝女子出嫁，当时凭一股傻气说话，过后思之，却有点不寒而栗，在我总算尽掬愚诚，效野叟献曝，而在人家，却未必铭感五内。假如在无听众的女子学校演讲，那便可尽情发挥了。比如在这样一个幻想的大学毕业典礼演讲，我们可以不怕校长难为情，说些时常敢怒而不敢言的话。在一个幻想的小学教员暑期学校，也可以尽情吐露一点对小学教育不大客气的话……婚姻的致词向来也是许多客套，没人肯对新郎新娘说些结婚常识而不免有点不吉利的老实话。因此我就以“婚礼致词”为题作例举隅：

玛丽、兴哥，恭喜。今天兄弟想借这婚礼的盛会，同你们谈谈常人所不肯谈的关于结婚生活的一点常识。婚姻生活，如渡一大海，而你们俩一向都不是舵工，不会有半点航海的经验。这一片汪洋，虽不定是苦海，但是颇似宦海、欲海，有苦也有乐，风波是一定有的。如果你们还在做梦，只想一帆风顺，以为婚姻只有甜味，没有苦味，请你们快点打破这个迷梦。但是你们做梦，罪不在你们。世上老舵工航海的经验，向来是讳莫如深的。你们进过大学，受过高等教育，懂得天文地理的常识，但是没人教授过你们婚姻的常识。你们知道太阳与星球的关系，但是对于夫妇的关系，是有点糊里糊涂。假如我此刻来考你们，你们一定交白卷。这是现代的教育。

玛丽，你懂得什么节育的道理，做妻的道理，驾驭丈夫的道理？兴哥，你懂得什么体谅温存的道理，女子哭时，你须揩她的眼泪；女子月经来时，你须特别体贴，你懂得吗？古人世界地理不如你们，但是夫道妇道比你们清楚。兴哥，现代教育教你作文，并没有教你做人。玛丽，现代教育教你弹钢琴，做新女子，并没有教你做贤妻。你说贤妻应该打倒，好，请你整个不要做妻，才是彻头彻尾的办法，不然难道做不贤妻便可以完账了吗？补袜子的固然无益于“世界文化之前锋”，但是丝袜穿一只，扔一只，也是无补于世界文化的。总而言之，天下男女未全赤足之时，袜子总要有人补的，假如你不能自己补袜子而替兴哥省一点钱，你就马上文明起来吗？单单为这丝袜问题，兴哥就要和你吵架。你说补袜子是奴隶、是顽腐、不文明、不平等。好，兴哥得替人家抄账簿、拿粉笔，甚至卖豆腐，何尝不是奴隶？现代社会是叫男子赚钱，女子花钱的，若要反过来叫女子赚钱男子花钱，我也不反对。但是在制度未改之前，你不肯补袜子，替兴哥省一点钱，你就是一个不好的老婆，虽然是新文明的女子，钱是大家的，你们不肯合作，就得吵架。

在今天说到“吵架”两字，是有点不吉利的，是。但我并不后悔。早晚你们是要吵架的。世上没有不吵过架的夫妇。假定你们连这一点常识都没有，请你们先别结婚，长几年见识再来不迟。你们还不知道婚姻是怎么一回事，婚姻是叫两个个性不同、性别不同、兴趣不同、本来过两种生活的人去共过一种生活。假定你们不吵架，一点人味都没有了。你们此去要一同吃，一同住，一同睡，一同起床，一同玩。世上哪有习惯、口味、性欲、嗜好、志趣若合符节的两个人。向来情人都很易相处的，一结婚就吵起架来。这是因为在追求时代，大家尊重各人食寝行动的自由，一结婚后必来互相干涉。你的时间不能自己做主了，出入不能自己做主了，金钱也不是你一人的了，你自己的房间书桌也不是你一人的了。连你的身体也不是你自己的了。有人要与你共享这一切的权利。兴哥，有人将要有权利叫你剪头发，叫你换手绢，换一句话，你又要进你自以为早已毕业的小学校了。

玛丽，有人要对你说不大客气的话，如同他对自己的姊妹一样。他不能永远向你唱恋之歌，永远叫你“达令”“安琪儿”，像他追求你的时候一样。一天到晚这样也未免单调。这种的表示，要来得自然才好。你要一定坚持兴哥行这义务，也未尝不可，不过兴哥一天三餐照例叫你三声“小天使”，于你也没有什么好处，反而呆板而失诚。夫妇之间，“义务”“本分”两字最忌讳的。你若受了西洋人的影响，叫兴哥出门必定亲吻你一下，也未尝不可，不过兴哥奉旨亲吻总有点不妙，你自己也太觉无趣了。亲吻须如文人妙笔，应机天成才好。比方你话说得巧，他来亲你一吻，表示赞叹，这一吻是非常好的。或者两人携手游园，他突然亲你的颈，这一吻也是好的。你若因为兴哥出门不亲吻同他吵，那只令兴哥苦恼而已。你吵时，也许兴哥非常温存，拍拍肩背抚慰你，心里却在怪女子太麻烦了，为什么有这么许多泪水。

我诚实告诉你，结婚生活不是完全沐在蜜浴里的，一半也是米做的。玛丽，你脊梁须要竖起来，一天靠吃蜜养活是不成的。你得早打破迷梦，越早排弃你韶龄小女学生桃色的痴梦，而决心做一活泼可爱可亲的良伴越好。因为罗曼蒂克不久要变成现实，情人的互相恭维捧场，须变成夫妇相爱相敬的伴侣生活。假定你不能叫兴哥把你看做一个可敬可亲的女人，也别梦想他要捧你做一个绝代的小天使。

你们那些情书，大可以焚掉了。除非你们是亚伯拉罕与埃卢伊，别人不要看的。过了些时候，你们自己也不要看，若非那情书中除了你们俩互相捧场的话以外，还有别种意味。假如这情书中表示着是两人的一段奋斗，交换两人对人生对时事的意见，那是要保存的。但是书信中只有你叫我心肝我叫你肉，你称我才郎我称你佳人这一套痴话，过了十年，你自己看看，才要伤心。兴哥，你别哄自己。玛丽并不是安琪儿、小天使。她只是很可爱很活泼的一个女子，她有的是幽默，是通见，是毅力，能帮你经过人生的种种磨炼。她也算漂亮，但是你不久就要发现别人的太太更加漂亮。但是如果她单是漂亮，别无所长，那你须替她祷告。

你不久对那一副漂亮面孔，就会生厌，尤其是不搽粉打呵欠的时候。我明明知道有漂亮太太的男人，每每怪异人家何以把他太太看得像神仙似的。他们都是说："不懂你们怎么看法？"《雨花》不是曾经载过一段故事吗？有青年在霞飞路上看见前面一个艳若神仙的女子同一男人走路，就低声发一感慨说："讨了这样一个丽人做太太，不知要怎样快活得像神仙似的！"碰巧那位男子听到这一句话，回头来向青年说："那个女人并不是丽人，她是我的太太，我已经讨了她十年，但现在此刻仍旧在人间世上，并没有成仙。"

不，兴哥，女人的美不是在脸孔上，是在姿态上。姿态是活的，脸孔是死的，姿态犹不足，姿态只是心灵的表现，美是在心灵上的。有哪样慧心，必有哪样姿态，搽粉打扮是打不来的。玛丽是美的，但是她的美，你一时还看不到。过几年，等到你失败了，而她还鼓励你，你遭诬陷了，而她还相信你，那时她的笑是真正美的。不但她的笑，连她的怒也是美的。当她双眉倒竖，杏眼圆睁，把那一群平素往来，此刻轻信他人诬陷你的朋友一起赶出门去，是的，那时你才知道她的美。再过几年，等她替你养一两个小孩，看她抱着小孩喂奶，娩后的容辉焕发，在处女的脸上，又添几笔母爱的温柔，那时你才知道处女之美是不成熟的，不丰富的，欠内容的。再过几年，你看她教养督责儿女，看到她的牺牲、温柔、谅解、操持、忍耐，头上已露了几丝白发，那时，你要称她为安琪儿，是可以的。

我已经说了一大堆话，浪费你们宝贵欢乐的时间。但是对你，玛丽，我还要说一句话，就是把你当我的女儿，也是要这样说的。你以为嫁了兴哥，兴哥整个地是属于你了，你可以整个地占有他了。你试试看吧。假如兴哥是个好男子，有作为，有才干，有自重心——这是成功必要的条件——他必不会全盘为你所占有。有的女人是要这样一个完全服从、完全听话的丈夫。比如在座那位朱太太。你看她把朱先生弄成什么样儿。老朱还有一点人味儿么？他小时服从母亲，出来服从老板，在家服从太太。他老跟人家抄账，但是你想他除了抄账以外，还能有所作为么？玛丽，你愿意嫁给这样一个丈夫么？我的意思是说，女子不应该图占丈夫整个十成的身体。假定兴哥十成中有七成属于你，三成属于他的朋友、他的志趣、他的书籍、他的事业，你就得谢天谢地了。有一种人一结婚，连朋友都不敢来往了，这还成个人么？你或者以为你非常有趣，你的丈夫一天到晚看你看不厌，然而至少他心灵中也有一部分需要不是你所能满足，而只有朋友、书籍能满足的。你一定要十成十足把他占有，结果他变成你的监犯，而你变成他的狱卒，而你要明白监犯没有恋爱狱卒之理，于是他越看你越恨，而越恨越非看你不可，感情破裂，乃意中事。那时你才照镜自怜，号啕大哭，自怨自艾叹着“他不爱我了”，也是无用。不，你也得明理些，这样驾驭丈夫是驾驭不来的。你也不可太看轻兴哥，以为他还得拉着你的裙带走路，他若真这样无用，这样靠不住，一刻不可放松，你简直不必嫁给他好了。假定因你的拘束而他果然不嫖、不赌、不吸烟、不喝酒，这种外来的拘束，也算不得有什么伦理的价值。你不能嫁一个男子来当你的小学生，自己做起女塾师。你知道塾师都是讨厌的，而你决不愿意兴哥讨厌你。你今天想起要烫头发，兴哥何必陪你去剃头？你自己不吸烟，兴哥为什么不可大吸其烟？婚姻之破裂，都是从这种极琐碎的事而来的。夫妇之结合必建筑于互相了解、互相敬重的基础之上。

玛丽，我知道你很明理，很有通见，而你也不要看轻自己，要知你不一定要做兴哥的塾师、狱卒，仍旧有可吸引他的力量，有可得他敬重的人格。你也可以给他一点自由，一点人格。他对你这样的了解信重，比对你的过分的关防，还要因此更爱你。到了那个时候，他真要宝贵你如同一颗可遇而不可求的稀世之宝，好像没有像你这样一位彻底了解他的夫人，他就活不下去。世上这样稀世之宝本来不多。所以玛丽，我劝你做这样一个稀世之宝。

我们应该珍视自己的感知力，对天空、四季、花朵，以及爱情。

不老富贵之六　50×50cm　2015年　布面油彩

我今天在这里，你们想从我这儿听到些什么呢？为什么非要我讲话呢？

当告诉你我不是一个演说家时，我是诚实的。

有时我很无奈，对我的自我鉴定我又想否定。

我写诗，写孤独的生活，还写与自然交会时，内心的感受，这耗费了我大部分年华。

我像你们这样年轻的时候，如同隐士，一个人，住在一条木船上，在和长江一样辽阔的大河上漂泊。我改变了在孤寂的时候思考问题的习惯。

人多，让我畏惧。人多的时候要我讲话，我会感到不安。我没有演讲家的天赋，演讲在我仅是难违的天命。

我希望，我今天是真实的，以诗人的身份，走到你们中间。

你们不该请我演讲，但你们期望得到好的东西，比如一首抒情诗。

我不懂你们的语言，要不然，我会勤奋地学习中国诗歌。学习对我来说，已为时过晚，今生今世，我成不了饱学之士。你们无论从事什么工作，千万别把我当作榜样。小时候，我常常逃学，把学习不当回事，那时我只有十三岁。

但是，逃学也拯救了我。我把我今天的一切，归功于少年时期的勇敢行动。我厌弃的那些课本，给我训诫，不给我鼓励。至于学识，你们懂数学、逻辑学和哲学，而我一无所知。在老师面前，我只能交白卷，但我天生敏锐的感悟力，从未受到损伤，它使我能触摸到生活和自然。

大师们把他们的思想写进书籍，我敬佩他们的才华。然而，心灵感觉也是珍贵的。

我们出生在一个丰富的世界，如果我的心灵麻木的话，如果书本给我的感觉只是沉重的话，我早就丧失了整个世界。

真实，遍布万物和自然。真实，不应该让人感到窒息。我们应该珍视自己的感知力，对天空、四季、花朵，以及爱情。

我愿意将自然当做我的母亲，她亲吻我，祝福我，说：“你该爱我。”

我活着，没有社会身份，也不是任何团体的成员。我只是一个流浪汉和调皮鬼。我活在世界的中心，我是自由的。

即便有人说我没文化，缺教养，是个自大的诗人。在众多学者、哲学家之前，若你笑话我，我亦可笑话你。

再次回忆我的十三岁，我根本不知道感知力的价值。更不知道，为了心中的自由，我可以放弃其他的一切。心中强烈的、直接的自我感觉，值得一辈子保有。不要让书本和老师，抹去了。

真的，我知道，你们不会由于我的数理知识少而轻视我。

请相信，我沿着一条少有人走的道路，走近了万象的秘密。

这是很容易做到的，就像一个孩子，轻松自然地走向母亲的卧室。我天真地推开母亲的门，黑暗中，灯亮着。在远方，有歌声，正好它是我经常唱的那首歌。

蓝　40×30cm　2004年　布面油彩

zhōngguó wénhuà zhī jīngshén

中国文化之精神

林语堂

中国民族之特征，在于执中，不在于偏倚，在于近人之常情，不在于玄虚理想。

花卉小品二　41×32cm　2012年　布面油彩

此篇原为对英人演讲，类多恭维东方文明之语。兹译成中文发表，保身之道既莫善于此，博国人之欢心，又当以此为上策，然一执笔，又有无限感想，油然而生。

一、东方文明，余素抨击最烈，至今仍主张非根本改革国民懦弱委顿之根性，优柔寡断之风度，敷衍逶迤之哲学，而易以西方励进奋图之精神不可。

然一到国外，不期然引起心理作用，昔之抨击者一变而为宣传，宛然以我国之荣辱为个人之荣辱，处处愿为此东亚病夫作辩护，几沦为通常外交随员，事后思之，不觉一笑。

二、东方文明、东方艺术、东方哲学，本有极优异之点，故欧洲学者，竟有对中国文化引起浪漫的崇拜，而于中国美术尤甚。普通学者，于玩摩中国书画、古玩之余，对于画中人物爱好之诚，或有与欧西学者之思恋古代希腊文明同等。余在伦敦参观（Eumorphopulus）私人收藏中国瓷器，见一座定窑观音，亦神为之荡。中国之观音与西洋之玛妲娜（圣母）同为一种宗教艺术之中心对象，同为一民族艺术想象力之结晶，然平心而论，观音姿势之妍丽，褶文之飘逸，态度之安详，神情之娴雅，色泽之可爱，私人认为在西洋最名贵玛妲娜之上。吾知吾生为欧人，对中国画中人物，亦必发生思恋。然一返国，则又起异样感触，始知东方美人，固一麻子也，远视固体态苗条，近睹则百孔千疮，此又一回国感想也。

三、中国今日政治、经济、工业、学术，无一不落人后，而举国正如醉如痴，连年战乱，不恤民艰，强邻外侮之际，且不能释然私怨，岂非亡国之征？正因一般民众与官僚，缺乏彻底改过、革命之决心，党国要人，或者正开口浮屠，闭口孔孟；思想不清之国粹家，又从而附和之，正如富家之纨绔子弟，不思所以发辉光大祖宗企业，徒日数家珍以夸人。吾于此时，复作颂扬东方文明之语，岂非对读者下麻醉剂，为亡国者助声势乎？中国国民，固有优处，弱点亦多。若和平忍耐诸美德，本为东方精神之寄托，然今日环境不同，试问和平忍耐，足以救国乎，抑适足以亡国之祸根乎？国人若不深省，中夜思过，换和平为抵抗，易忍耐为奋斗，而坐听国粹家之催眠，终必昏瞶不省，寿终正寝。愿读者就中国文化之弱点着想，毋徒以东方文明之继述者自负。中国始可有为。

我在未开讲之先，要先声明本演讲之目的，并非自命为东方文明之教士，希望使牛津学者变为中国文化之信徒。惟有四方教士才有这种胆量，这种雄心。胆量与雄心，固非中国人之特长。必欲执一己之道，使异族同化，于情理上，殊欠通达，依中国观点而论，情理欠通达，即系未受教育。所以鄙人此讲依旧是中国人冷淡的风光本色，绝对没有教士的热诚；既没有野心救诸位的灵魂，也没有战舰大炮将诸位击到天堂去。诸位听完此篇所讲中国文化之精神后，就能明了此冷淡与缺乏热诚之原因。

我认为我们还有更高尚的目的，就是以研究态度，明了中国人心理及传统文化之精要。卡来尔氏有名言说："凡伟大之艺术品，初见时必觉令人不十分舒适。"依卡氏的标准而论，则中国之"伟大"固无疑义。我们所讲某人伟大，即等于说我们对于某人根本不能明了，宛如黑人听教士讲道，越不懂，越赞叹教士之鸿博。中国文化，盲从颂赞者有之，一味诋毁者有之，事实上却大家看他如一闷葫芦，莫名其妙。因为中国文化数千年之发展，几与西方完全隔绝，无论大小精粗，多与西方背道而驰。所以西人之视中国如哑谜，并不足奇。但是私见以为必欲不懂始称为伟大，则与其使中国被称为伟大，莫如使中国得外方之谅察。

我认为，如果我们了解中国文化之精神，中国并不难懂。一方面，我们不能发觉支那崇拜者，梦中所见的美满境地，一方面也不至于发觉，如上海洋商所相信，中国民族只是土匪流氓，对于他们运输入口的西方文化与沙丁鱼之功德，不知感激涕零。此两种论调，都是起因于没有清楚的认识。实际上，我们要发觉中国民族为最近人情之民族，中国哲学为最近人情之哲学，中国人民，固有他的伟大，也有他的弱点，丝毫没有邈远玄虚难懂之处。中国民族之特征，在于执中，不在于偏倚，在于近人之常情，不在于玄虚理想。中国民族，颇似女性，脚踏实地，善谋自存，好讲情理，而恶极端理论，凡事只凭天机本能，糊涂了事。凡此种种，颇与英国民性相同。锡索罗曾说，理论一贯者乃小人之美德，中英民族都是伟大，理论一贯与否，与之无涉。所以理论一贯之民族早已灭亡，中国却能糊涂过了四千年的历史。英国民族果能保存其著名“糊涂渡过难关”（somehow muddle through）之本领，将来自亦有四千年光耀历史无疑。中英民族之根本相同，容后再讲。此刻所要指明者，只是说中国文化，本是以人情为前提的文化，并没有难懂之处。

倘使我们一检查中国民族，可发见以下优劣之点。在劣的方面，我们可以举出，政治之贪污，社会纪律之缺乏，科学工业之落后，思想与生活方面留存极幼稚野蛮的痕迹，缺乏团体组织团体治事的本领，好敷衍不彻底之根性等。在优的方面，我们可以举出历史的悠久继长，文化的一统、美术的发达（尤其是诗词、书画、建筑、磁器），种族上生机之强壮、耐劳、幽默、聪明，对文士之尊敬，热烈的爱好山水及一切自然景物，家庭上之亲谊，及对人生目的比较确切的认识。在中立的方面，我们可以举出守旧性、容忍性、和平主义，及实际主义。此四者本来都是健康的征点，但是守旧易致于落伍，容忍则易于妥洽，和平主义或者由于体魄上的懒于奋斗，实际主义则凡事缺乏理想，缺乏热诚。统观上述，可见中国民族特征的性格大多属于阴的、静的、消极的，适宜一种和平坚忍的文化，而不适宜于进取外展的文化。此种民性，可以"老成温厚"四字包括起来。

在这些丛杂的民性及文化特征之下，我们将何以发见此文化之精神，可以贯穿一切，助我们了解此民性之来源及文化精英之寄托？我想最简便的解释在于中国的人文主义，因为中国文化的精神，就是此人文主义的精神。

"人文主义"（Humanism）含义不少，讲解不一。但是中国的人文主义（鄙人先立此新名词）却有很明确的含义。第一要素，就是对于人生目的与真义有公正的志识。第二，吾人的行为要纯然以此目的为指归。第三，达此目的之方法，在于明理，即所谓事理通达、心气和平（spirit of human reasonableness），即儒家中庸之道，又可称为"庸见的崇拜"（religion of commonsense）。

中国的人文主义者，自信对于人生真义问题已得解决。自中国人的眼光看来，人生的真义，不在于死后来世，因为基督教所谓此生所以待毙，中国人不能了解；也不在于涅槃，因为这太玄虚；也不在于建树勋业，因为这太浮泛；也不在于“为进步而进步”，因为这是毫无意义的。所以人生真义这个问题，久为西洋哲学宗教家的悬案，中国人以只求实际的头脑，却解决的十分明畅。其答案就是在于享受淳朴生活，尤其是家庭生活的快乐，（如父母俱存兄弟无故等）及在于五伦的和睦。暮从碧山下，山月随人归，或是云淡风轻近午天，傍花随柳过前川。这样淡朴的快乐，自中国人看来，不仅是代表含有诗意之片刻心境，乃为人生追求幸福的目标。得达此境，一切泰然。

这种人生理想并非如何高尚（参照罗斯福氏所谓“殚精竭力的一生”），也不能满足哲学家玄虚的追求，但是却来得十分实在。愚见这是一种异常简单的理想，因其异常简单，所以非中国人的实事求是的头脑想不出来，而且有时使我们惊诧，这样简单的答案，西洋人何以想不出来。鄙见中国与欧洲之不同，即欧人多发明可享乐之事物，却较少有消受享乐的能力，而中国人在单纯的环境中，较有消受享乐之能力与决心。

此为中国文化之一大秘诀。因为中国人能明知足常乐的道理，又有今朝有酒今朝醉，处处想偷闲行乐的决心，所以中国人生活求安而不求进，既得目前可行之乐，即不复追求似有似无疑实疑虚之功名事业。所以中国的文化主静，与西人勇往直前跃跃欲试之精神大相径庭。主静者，其流弊在于颓丧潦倒。然兢兢业业熙熙攘攘者，其病在于常患失眠。人生究竟几多日，何事果值得失眠乎？诗人所谓“共谁争岁月，赢得鬓边丝”。伍廷芳使美时，有美人对伍氏叙述某条铁道建成时，由费城到纽约可省下一分钟，言下甚为得意，伍氏淡然问他，“但是此一分钟省下来时，作何用处？”美人瞠目不能答复。

伍氏答语最能表示中国人文主义之论点。因为人文主义处处要问明你的目的何在，何所为而然？这神的发问，常会发人深省的。譬如英人每讲户外运动以求身体舒适（keeping fit），英国有名的滑稽周报 *Punch* 却要发问“舒适做什么用？”（fit for what？）（原双关语意为“配做什么用？”）依我所知这个问题此刻还没回答，且要得到圆满的回答，也要有待时日。厌世家曾经问过，假使我们都知道所干的事是为什么，世上还有人肯去干事吗？譬如我们好讲妇女解放自由，而从未一问，自由去做甚？中国的老先生坐在炉旁大椅上要不敬的回答，自由去婚嫁。这种人文主义冷静的态度，每易煞人风景，减少女权运动者之热诚。同样的，我们每每提倡普及教育，平民识字，而未曾疑问，所谓教育普及者，是否要替《逐日邮报》及 *Beaverbrook* 的报纸多制造几个读者？自然这种冷静的态度，易趋于守旧，但是中西文化精神不同之情形，确是如此。

其次，所谓人文主义者，原可与宗教相对而言。人文主义既认定人生目的在于今世的安福，则对于一切不相干问题一概毅然置之不理。宗教之信条也，玄学的推敲，都摈弃不谈，因为视为不足谈。故中国哲学始终限于行为的伦理问题，鬼神之事，若有若无，简直不值得研究，形而上学的哑谜，更是不屑过问。孔子早有未知生焉知死之名言，诚以生之未能，遑论及死。

我此次居留纽约，曾有牛津毕业之一位教师质问我，谓最近天文学说推测，经过几百万年之后太阳渐减，地球上生物必歼灭无遗，如此岂非使我们益发感到灵魂不朽之重要；我告诉他，老实说我个人一点也不着急。如果地球能不再存在五十万年，我个人已经十分满足。人类生活若能再生存五十万年，已经尽够我们享用，其余都是形而上学无谓的烦恼。况且一人的灵魂可以生存五十万年，尚且不肯甘休，未免夜郎自大。所以牛津毕业生之焦虑，实足代表日耳曼族的心性，犹如个人之置五十万年外事物于不顾，亦足代表中国人的心性。所以我们可以断言，中国人不会做好的基督徒，要做基督徒便应入教友派（Quakers），因为教友派的道理，纯以身体力行为出发点，一切教条虚文，尽行废除。如废洗礼，废教士制等。佛教之渐行中国，结果最大的影响，还是宋儒修身的理学。

人文主义的发端，在于明理。所谓明理，非仅指理论之理，乃情理之理，以情与理相调和。情理二字与理论不同，情理是容忍的、执中的、凭常识的、论实际的，与英文 commonsense 含义与作用极近。理论是求彻底的、趋极端的，凭专家学识的、尚理想的。讲情理者，其归结就是中庸之道。此庸字虽解为“不易”，实则与 commonsense 之 common 原义相同。中庸之道，实则庸人之道，学者专家所失，庸人每得之。执理论者必趋一端，而离实际，庸人则不然，凭直觉以断事之是非。事理本是连续的、整个的，一经逻辑家之分析，乃成片断的，分甲乙丙丁等方面，而事理之是非已失其固有之面目。惟庸人综观一切而下以评判，虽不中，已去实际不远。

中庸之道即以明理为发端，所以绝对没有玄学色彩，不像西洋基督教把整个道学以一段神话为基矗。（按《创世纪》第一章记始祖亚当吃苹果犯罪，以致人类于万劫不复，故有耶稣钉十字架赎罪之必要。假使亚当当日不吃苹果，人类即不堕落，人类无罪，赎之谓何，耶稣降世，可一切推翻，是全部耶稣教义基础，系于一个苹果之有无。保罗神学之理论基础如此，不亦危乎？）人文主义的理想在于养成通达事理之士。凡事以近情理为目的，故贵中和而恶偏倚，恶执一、恶狡猾、恶极端理论。罗素曾言：“中国人于美术上力求细腻，于生活上，力求近情。”（“In art they aim at being exquiste，and in life at being reasonable.” 见《论东西文明之比较》一文。）在英文，所谓 to be reasonable 即等于“毋苛求”“毋迫人太甚”。对人说“你也得近情些”，即说“勿为己甚”。所以近情，即承认人之常情，每多弱点，推己及人，则凡事宽恕容忍，而易趋于妥洽。妥洽就是中庸，尧训舜“允执其中”，孟子曰“汤执中”，《礼记》曰“执其两端，用其中于民”，用白话解释就是这边听听，那边听听，结果打个对折，如此则一切一贯的理论都谈不到。

譬如父亲要送儿子入大学，不知牛津好，还是剑桥好，结果送他到伯明翰。

所以儿子由伦敦出发，车开出来，不肯东转剑桥，也不肯西转牛津，便只好一直向北坐到伯明翰。那条伯明翰的路，便是中庸之大道。虽然讲学不如牛津与剑桥，却可免伤牛津剑桥双方的好感。明这条中庸主义的作用，就可以明中国历年来政治及一切改革的历史。季文子三思而后行，孔子评以再斯可矣，也正是这个中和的意思，再三思维，便要想入非非，可见中国人，连用脑都不肯过度。故如西洋作家，每喜立一说，而以此一说解释一切事实。

例如亨利第八之娶西班牙加特琳公主，Froude 说全出于政治作用，Bishop Creighton 偏说全出于色欲的动机。实则依庸人评判，打个对折，两种动机都有，大概较符实际。又如犯人行凶，西方学者，倡遗传论者，则谓都是先天不足；倡环境论者，又谓一切都是后天不足。在我们庸人的眼光，打个对折，岂非简简单单先天后天责任要各负一半？中国学者则少有此种极端的论调。如 Picasso（毕加索）拿 Cézanne（塞尚）一句本来有理的话，说一切物体都是三角形、圆锥形、立方体所拼成，而把这句话推至极端，创造立体画一派，在中国人是万不会有的。因为这样推类至尽，便是欠庸见（commonsense）。

因为中国人主张中庸，所以恶趋极端，因为恶趋极端，所以不信一切机械式的法律制度。凡是制度，都是机械的、不徇私的、不讲情的，一徇私讲情，则不成其为制度。但是这种铁面无私的制度与中国人的脾气，最不相合。

所以历史上，法治在中国是失败的。法治学说，中国古已有之，但是总得不到民众的欢迎。商鞅变法，蓄怨寡恩，而卒车裂身殉。秦始皇用李斯学说，造出一种严明的法治，得行于羌夷势力的秦国，军事政制，纪纲整饬，秦以富强，但是到了秦强而有天下，要把这法治制度行于中国百姓，便于二三十年中全盘失败。万里长城，非始皇的法令筑不起来，但是长城虽筑起来，却已种下他亡国的祸苗了。这些都是中国人恶法治、法治在中国失败的明证，因为绳法不能徇情，徇情则无以立法。所以儒家倡尚贤之道，而易以人治，人治则情理并用，恩法兼施，有经有权，凡事可以“通融”“接洽”“讨情”“敷衍”，虽然远不及西洋的法治制度，但是因为这种人治，适宜于好放任自由个人主义的中国民族，而合于中国人文主义的理论，所以二千年来一直沿用下来，至于今日，这种通融、接洽、讨情、敷衍，还是实行法治的最大障碍。

但是这种人文主义虽然使中国不能演出西方式的法治制度，在另一方面却产出一种比较和平容忍的文化，在这种文化之下，个性发展比较自由，而西方文化的硬性发展与武力侵略，比较受中和的道理所抑制。这种文化是和平的，因为理性的发达与好勇斗狠是不相容的。好讲理的人，即不好诉诸武力，凡事趋于妥洽，其弊在怯。中国互相纷争时，每以“不讲理”责对方，盖默认凡受教育之人都应讲理。虽然有时请讲理者是因为拳头小之故。英国公学，学生就有决斗的习惯，胜者得意，负者以后只好谦让一点，俨然承认强权即公理，此中国人所最难了解者。即决斗之后，中外亦有不同，西人总是来的干脆，行其素来彻底主义；中国人却不然，因为理性过于发达，打败的军人，不但不枭首示众，反由胜者由国帑中支出十万圆买头等舱位将败者放洋游历，并给以相当名目，不是调查卫生，便是考察教育，此为欧西各国所必无的事。所以如此者，正因理性发达之军人深知天道好还，世事沧桑，胜者欲留后日合作的地步。败者亦自忍辱负重，预做游历归来亲善携手的打算，若此的事理通达，若此的心气和平，固世界绝无而仅有也。所以少知书识字的中国人，认为凡锋芒太露，或对敌方“不留余地”者为欠涵养，谓之不祥。

所以《凡尔赛条约》，依中国士人的眼光看来便是欠涵养。法人今日之所以坐卧不安时做噩梦者，正因定《凡尔赛条约》时没有中国人的明理之故。

但是我也须指出，中国人的讲理性，与希腊人之“温和明达”(sweetness and light)及西方任何民族不同。中国人之理性，并没有那么神化，只是庸见之崇拜(religion of commonsense)而已。自然曾参之中庸与亚里士多德之中庸，立旨大同小异。但是希腊的思想风格与西欧的思想风格极相类似，而中国的思想却与希腊的思想大不相同。希腊人的思想是逻辑的、分析的，中国人的思想是直觉的、组合的。庸见之崇拜，与逻辑理论极不相容，其直觉思想，颇与玄性近似。直觉向来称为女人的专利，是否因为女

绿 30×40cm 2004年 布面油彩

性短于理论，不得而知。女性直觉是否可靠，也是疑问，不然何以还有多数老年的从前贵妇还在蒙地卡罗赌场上摸摸袋里一二法郎，碰碰造化？但是中国人思想与女性，尚有其他相同之点。女人善谋自存，中国人亦然。女人实际主义，中国人亦然。女人有论人不论事的逻辑，中国人亦然。比方有一位虫鱼学教授，由女人介绍起来，不是虫鱼学教授，却是从前我在纽约时死在印度的

哈利逊上校的外甥。同样的中国的推事头脑中的法律，并不是一种抽象的法制，而是行之于某黄上校或某部郭军长的未决的疑问。所以遇见法律不幸与黄上校冲突时总是法律吃亏。女人见法律与她的夫婿冲突时，也是多半叫法律吃亏。

在欧洲各国中，我认为英国与中国民性最近，如相信庸见，讲求实际等。

但是英国人比中国人相信系统制度，兼且在制度上有特殊的成绩，如英国的银行制度、保险制度、邮务制度，甚至香槟跑马的制度。若爱尔兰的大香槟，不用叫中国人去检勘票号（count the counterfoils），就是奖金都送给他，也检不出来。至于政治社会上，英国人向来的确是以超逸逻辑，凭恃庸见，只求实际著名。相传英人能在空中踏一条虹，安然度过。譬如剜肉医疮式补缀集成的英人杰作——英国的宪法——谁也不敢不佩服的，谁都承认它只是捉襟见肘顾前不顾后的补缀工作，但是实际上，它能保障英人的生命自由，并且使英人享受比法国美国较实在的民治。我们既在此地，我也可以顺便提醒诸位，牛津大学是一种不近情理的凑集组合历史演变下来的东西，但是同时我们不能不承认它是世界最完善最理想的学府之一。但是在此地，我们已经看出中英民性的不同，因为必有相当的制度组织。这种的伟大创设才能在几百年中继续演化出来。中国却缺乏这种对制度组织的相信。我深信中国人若能从英人学点制度的信仰与组织的能力，而英人若从华人学点及时行乐的决心与赏玩山水的雅趣，两方都可获益不浅。

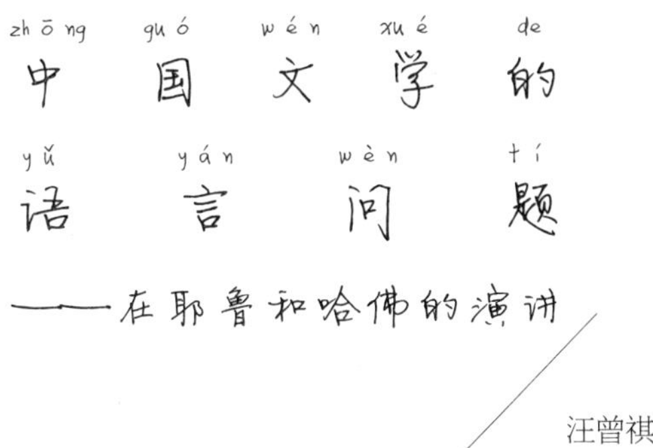

汪曾祺

世界上没有没有语言的思想，

也没有没有思想的语言。

富贵延年　60×73cm　2013年　布面油彩

中国作家现在很重视语言。不少作家充分意识到语言的重要性。语言不只是一种形式，一种手段，应该提到内容的高度来认识。最初提到这个问题的是闻一多先生。他在很年轻的时候，写过一篇《庄子》，说他的文字（即语言）已经不只是一种形式、一种手段，本身即是目的（大意）。我认为这是说得很对的。语言不是外部的东西。它是和内容（思想）同时存在，不可剥离的。语言不能像橘子皮一样，可以剥下来，扔掉。

世界上没有没有语言的思想，也没有没有思想的语言。往往有这样的说法：这篇小说写得不错，就是语言差一点。我认为这种说法是不能成立的。我们不能说这首曲子不错，就是旋律和节奏差一点；这张画画得不错，就是色彩和线条差一点。我们也不能说：这篇小说不错，就是语言差一点。语言是小说的本体，不是附加的，可有可无的。从这个意义上说，写小说就是写语言。小说使读者受到感染，小说的魅力之所在，首先是小说的语言。小说的语言是浸透了内容的，浸透了作者的思想的。我们有时看一篇小说，看了三行，就看不下去了，因为语言太粗糙。语言的粗糙就是内容的粗糙。

语言是一种文化现象。语言的后面是有文化的。胡适提出“白话文”，提出“八不主义”。他的“八不”都是消极的，不要这样，不要那样，没有积极的东西，“要”怎样。他忽略了一种东西：语言的艺术性。结果，他的“白话文”成了“大白话”。他的诗：

> 两个黄蝴蝶，
>
> 双双飞上天……

实在是一种没有文化的语言。相反的，鲁迅，虽然说过要上下四方寻找一种最黑最黑的咒语，来咒骂反对白话文的人，但是他在一本书的后记里写的“时大夜弥天、碧月澄照，饕蚊遥叹，余在广州”就很难说这是白话文。我们的语言都是继承了前人，在前人语言的基础上演变、脱化出来的。很难找到一种语言，是前人完全没有讲过的。那样就会成为一种很奇怪的，别人无法懂得的语言。古人说“无一字无来历”，是有道理的，语言是一种文化积淀。语言的文化积淀越是深厚，语言的含蕴就越丰富。比如毛泽东写给柳亚子的诗：

三十一年还旧国，
落花时节又逢君。

单看字面，“落花时节”就是落花的时节。但是读过一点旧诗的人，就会知道这是从杜甫的《江南逢李龟年》里来的：

岐王宅里寻常见，
崔九堂前几度闻。
正是江南好风景，
落花时节又逢君。

“落花时节”就含有久别重逢的意思。毛泽东在写这两句诗的时候未必想到杜甫的诗，但杜甫的诗他肯定是熟悉的。此情此景，杜诗的成句就会油然从笔下流出。我还是相信杜甫所说的“读书破万卷，下笔如有神”。多读一点古人的书，方不致“书到用时方恨少。”

这可以说是“书面文化”。另外一种文化是民间的口头文化。有些作家没有受过完整的教育。战争年代，有些作家不能读到较多的书。有的作家是农民出身。但是他们非常熟悉口头文学。比如赵树理、李季。赵树理是一个农村才子，他能在庙会上一个人唱一台戏，——唱、表演、用嘴奏“过门”，念“锣经”，一样不误。他的小说受民间戏曲和评书很大的影响（赵树理是非常可爱的人。他死于“文化大革命”。我十分怀念他）。李季的叙事诗《王贵与李香香》是用陕北“信天游”的形式写的。孙犁说他的语言受了他的母亲和妻子的影响。她们一定非常熟悉民间语言，而且是很熟悉民歌、民间故事的。中国的民歌是一个宝库，非常丰富，我曾经想过一个问题：中国民歌有没有哲理诗？——民歌一般都是抒情、情歌。我读过一首湖南民歌，是写插秧的：

赤脚双双来插田，
低头看见水中天。
行行插得齐齐整，
退步原来是向前。

这应该说是一首哲理诗。“退步原来是向前”可以用来说明中国目前的一些经济政策。从“人民公社”退到“包产到户”，这不是“向前”了吗？我在兰州遇到过一位青年诗人，他怀疑甘肃、宁夏的民歌“花儿”可能是诗人的创作流传到民间去的，那样善于用比喻，押韵押得那样精巧。有一回他去参加一个“花儿会”（当地有这样的习惯，大家聚集在一起唱几天“花儿”），和婆媳两人同船。这婆媳二人把他“唬背”了：她们一路上没有说一句散文——所有的对话都是押韵的。媳妇到一个娘娘庙去求子，她跪下来祷告，不是说：送子娘娘，您给我一个孩子，我给您重修庙宇，再塑金身……而是：

今年来了，我是跟您要着哪，
明年来了，我是手里抱着哪，
咯咯嘎嘎地笑着哪！

这是我听到过的祷告词里最美的一个。我编过几年《民间文学》，得益匪浅。我甚至觉得，不读民歌，是不能成为一个好作家的。

有一首著名的唐诗《新嫁娘》：

洞房昨夜停红烛，
待晓窗前拜舅姑。
妆罢低声问夫婿，
画眉深浅入时无？

这首诗并没有说这位新嫁娘长得好看不好看，但是宋朝人的诗话里已经指出：这一定是一个绝色的美女。这首诗制造了一种气氛，让你感觉到她的美。

另一首有名的唐诗：

君家在何处？
妾住在横塘。
停舟暂借问，
或恐是同乡。

看起来平平常常，明白如话，但是短短二十个字里写出了很多东西。宋人说这首诗“墨光四射，无字处皆有字”。这说得实在是非常的好。

语言的美，不在语言本身，不在字面上所表现的意思，而在语言暗示出多少东西，传达了多大的信息，即让读者感觉、“想见”的情景有多广阔。古人所谓“言外之意”“弦外之音”是有道理的。

国内有一位评论家评论我的作品，说汪曾祺的语言很怪，拆开来每一句都是平平常常的话，放在一起，就有点味道。我想任何人的语言都是这样，每句话都是警句，那是会叫人受不了的。语言不是一句一句写出来的，“加”在一起的。语言不能像盖房子一样，一块砖一块砖，垒起来。那样就会成为“堆砌”。语言的美不在一句一句的话，而在话与话之间的关系。包世臣论王羲之的字，说单看一个一个的字，并不怎么好看，但是字的各部分，字与字之间“如老翁携带幼孙，顾盼有情，痛痒相关”。中国人写字讲究“行气”。语言是处处相通，有内在联系的。语言像树，枝干树叶，汁液流转，一枝动，百枝摇；它是“活”的。

“文气”是中国文论特有的概念。从《文心雕龙》到“桐城派”一直都讲这个东西。我觉得讲得最好、最具体的是韩愈。他说：

> 气，水也；言，浮物也；水大而物之浮者大小毕浮。气之与言犹是也，气盛则言之短长与声之高下者皆宜。

后来的人把他的理论概括成“气盛言宜”四个字。我觉得他提出了三个很重要的观点。他所谓“气盛”，照我的理解，即作者情绪饱满，思想充实。我认为他是第一个提出作者的精神状态和语言的关系的人。一个人精神好的时候往往会才华横溢，妙语如珠；倦疲的时候往往词不达意。他提出一个语言的标准：宜。即合适，准确。世界上有不少作家都说过“每一句话只有一个最好的说法”，比如福楼拜。他把“宜”更具体化为“言之短长”与“声之高下”。语言的奥秘，说穿了不过是长句与短句的搭配。一泻千里，戛然而止，画舫笙歌，骏马收缰，可长则长，能短则短，运用之妙，存乎一心。中国语言的一个特点是有“四声”。“声之高下”不但造成一种音乐美，而且直接影响到意义。不但写诗，就是写散文，写小说，也要注意语调。语调的构成，和“四声”是很有关系的。

中国人很爱用水来做文章的比喻。韩愈说过。苏东坡说“吾文如万斛源泉，不择地涌出”，“但行于所当行，止于所不可不止”。流动的水，是语言最好的形象。中国人说“行文”，是很好的说法。语言，是内在地运行着的。缺乏内在的运动，这样的语言就会没有生气，就会呆板。

中国当代作家意识到语言的重要性的，现在多起来了。中国的文学理论家正在开始建立中国的“文体学”“文章学”。这是极好的事。这样会使中国的文学创作提高到一个更新的水平。

谢谢！

nà lā zǒu hòu zěn yàng
娜拉走后怎样

鲁迅

假使寻不出路，我们所要的就是梦；但不要将来的梦，只要目前的梦。

梦是好的；否则，钱是要紧的。

福寿双全　60×73cm　2012年　布面油彩

这是鲁迅一九二三年十二月二十六日在北京女子高等师范学校文艺会讲。通过对挪威戏剧家易卜生的剧本《傀儡之家》中的人物娜拉的分析，来阐明他对妇女解放问题的意见。

我今天要讲的是“娜拉走后怎样？”

伊孛生（易卜生）是十九世纪后半的瑙威（挪威）的一个文人。他的著作，除了几十首诗之外，其余都是剧本。这些剧本里面，有一时期是大抵含有社会问题的，世间也称作“社会剧”，其中有一篇就是《娜拉》。

《娜拉》一名 Ein Puppenheim，中国译作《傀儡家庭》。但 Puppe 不单是牵线的傀儡，孩子抱着玩的人形也是；引申开去，别人怎么指挥，他便怎么做的人也是。娜拉当初是满足地生活在所谓幸福的家庭里的，但是她竟觉悟了：自己是丈夫的傀儡，孩子们又是她的傀儡。她于是走了，只听得关门声，接着就是闭幕。这想来大家都知道，不必细说了。

娜拉要怎样才不走呢？或者说伊孛生自己有解答，就是 Die Frau vom Meer，《海的女人》，中国有人译作《海上夫人》的。这女人是已经结婚的了，然而先前有一个爱人在海的彼岸，一日突然寻来，叫她一同去。她便告知她的丈夫，要和那外面人会面。临末，她的丈夫说：“现在放你完全自由。（走与不走）你能够自己选择，并且还要自己负责任。”于是什么事全都改变，她就不走了。这样看来，娜拉倘也得到这样的自由，或者也便可以安住。

但娜拉毕竟是走了的。走了以后怎样？伊孛生并无解答；而且他已经死了。即使不死，他也不负解答的责任。因为伊孛生是在做诗，不是为社会提出问题来而且代为解答。就如黄莺一样，因为他自己要歌唱，所以他歌唱，不是要唱给人们听得有趣，有益。伊孛生是很不通世故的，相传在许多妇女们一同招待他的筵宴上，代表者起来致谢他作了《傀儡家庭》，将女性的自觉，解放这些事，给人心以新的启示的时候，他却答道："我写那篇却并不是这意思，我不过是做诗。"

娜拉走后怎样？——别人可是也发表过意见的。一个英国人曾作一篇戏剧，说一个新式的女子走出家庭，再也没有路走，终于堕落，进了妓院了。还有一个中国人，——我称他什么呢？上海的文学家罢，——说他所见的《娜拉》是和现译本不同，娜拉终于回来了。这样的本子可惜没有第二人看见，除非是伊孛生自己寄给他的。但从事理上推想起来，娜拉或者也实在只有两条路：不是堕落，就是回来。因为如果是一匹小鸟，则笼子里固然不自由，而一出笼门，外面便又有鹰，有猫，以及别的什么东西之类；倘使已经关得麻痹了翅子，忘却了飞翔，也诚然是无路可以走。还有一条，就是饿死了，但饿死已经离开了生活，更无所谓问题，所以也不是什么路。

人生最苦痛的是梦醒了无路可以走。做梦的人是幸福的；倘没有看出可走的路，最要紧的是不要去惊醒他。你看，唐朝的诗人李贺，不是困顿了一世的么？而他临死的时候，却对他的母亲说，"阿妈，上帝造成了白玉楼，叫我做文章落成去了。"这岂非明明是一个诳，一个梦？然而一个小的和一个老的，一个死的和一个活的，死的高兴地死去，活的放心地活着。说诳和做梦，在这些时候便见得伟大。所以我想，假使寻不出路，我们所要的倒是梦。

但是，万不可做将来的梦。阿尔志跋绥夫曾经借了他所做的小说，质问过梦想将来的黄金世界的理想家，因为要造那世界，先唤起许多人们来受苦。他说，“你们将黄金世界预约给他们的子孙了，可是有什么给他们自己呢？”有是有的，就是将来的希望。但代价也太大了，为了这希望，要使人练敏了感觉来更深切地感到自己的苦痛，叫起灵魂来目睹他自己的腐烂的尸骸。惟有说诳和做梦，这些时候便见得伟大。所以我想，假使寻不出路，我们所要的就是梦；但不要将来的梦，只要目前的梦。

然而娜拉既然醒了，是很不容易回到梦境的。因此只得走；可是走了以后，有时却也免不掉堕落或回来。否则，就得问：她除了觉醒的心以外，还带了什么去？倘只有一条像诸君一样的紫红的绒绳的围巾，那可是无论宽到二尺或三尺，也完全不中用。她还须更富有，提包里有准备，直白地说，就是要有钱。

梦是好的；否则，钱是要紧的。

钱这个字很难听，或者要被高尚的君子们所非笑，但我总觉得人们的议论是不但昨天和今天，即使饭前和饭后，也往往有些差别。凡承认饭需钱买，而以说钱为卑鄙者，倘能按一按他的胃，那里面怕总还有鱼肉没有消化完，须得饿他一天之后，再来听他发议论。

所以为娜拉计，钱，——高雅的说罢，就是经济，是最要紧的了。自由固不是钱所能买到的，但能够为钱而卖掉。人类有一个大缺点，就是常常要饥饿。为补救这缺点起见，为准备不做傀儡起见，在目下的社会里，经济权就见得最要紧了。第一，在家应该先获得男女平均的分配；第二，在社会应该获得男女相等的势力。可惜我不知道这权柄如何取得，单知道仍然要战斗；或者也许比要求参政权更要用剧烈的战斗。

要求经济权固然是很平凡的事，然而也许比要求高尚的参政权以及博大的女子解放之类更烦难。天下事尽有小作为比大作为更烦难的。譬如现在似的冬天，我们只有这一件棉袄，然而必须救助一个将要冻死的苦人，否则便须坐在菩提树下冥想普度一切人类的方法去。普度一切人类和救活一人，大小实在相去太远了。然而倘叫我挑选，我就立刻到菩提树下去坐着，因为免得脱下唯一的棉袄来冻杀自己。所以在家里说要参政权，是不至于大遭反对的，一说到经济的平匀分配，或不免面前就遇见敌人，这就当然要有剧烈的战斗。

战斗不算好事情，我们也不能责成人人都是战士，那么，平和的方法也就可贵了。这就是将来利用了亲权来解放自己的子女。中国的亲权是无上的，那时候，就可以将财产平匀地分配子女们，使他们平和而没有冲突地都得到相等的经济权，此后或者去读书，或者去生发，或者为自己去享用，或者为社会去做事，或者去花完，都请便，自己负责任。这虽然也是颇远的梦，可是比黄金世界的梦近得不少了。但第一需要记性。记性不佳，是有益于己而有害于子孙的。人们因为能忘却，所以自己能渐渐地脱离了受过的苦痛，也因为能忘却，所以往往照样地再犯前人的错误。被虐待的儿媳做了婆婆，仍然虐待儿媳；嫌恶学生的官吏，每是先前痛骂官吏的学生；现在压迫子女的，有时也就是十年前的家庭革命者。这也许与年龄和地位都有关系罢，但记性不佳也是一个很大原因。救济法就是各人去买一本 notebook 来，将自己现在的思想举动都记上，作为将来年龄和地位都改变了之后的参考。假如憎恶孩子要到公园去的时候，取来一翻，看见上面有一条道，"我想到中央公园去"，那就即刻心平气和了。别的事也一样。

世间有一种无赖精神，那要义就是韧性。听说拳匪乱后，天津的青皮，就是所谓无赖者很跋扈，譬如给人搬一件行李，他就要两元，对他说这行李小，他说要两元，对他说道路近，他说要两元，对他说不要搬了，他说也仍然要两元。青皮固然是不足为法的，而那韧性却大可以佩服。要求经济权也一样，有人说这事情太陈腐了，就答道要经济权；说是太卑鄙了，就答道要经济权；说是经济制度就要改变了，用不着再操心，也仍然答道要经济权。

其实，在现在，一个娜拉的出走，或者也许不至于感到困难的，因为这人物很特别，举动也新鲜，能得到若干人们的同情，帮助着生活。生活在人们的同情之下，已经是不自由了，然而倘有一百个娜拉出走，便连同情也减少，有一千一万个出走，就得到厌恶了，断不如自己握着经济权之为可靠。

在经济方面得到自由，就不是傀儡了么？也还是傀儡。无非被人所牵的事可以减少，而自己能牵的傀儡可以增多罢了。因为在现在的社会里，不但女人常作男人的傀儡，就是男人和男人，女人和女人，也相互地作傀儡，男人也常作女人的傀儡，这决不是几个女人取得经济权所能救的。但人不能饿着静候理想世界的到来，至少也得留一点残喘，正如涸辙之鲋，急谋升斗之水一样，就要这较为切近的经济权，一面再想别的法。

如果经济制度竟改革了，那上文当然完全是废话。

然而上文，是又将娜拉当作一个普通的人物而说的，假使她很特别，自己情愿闯出去做牺牲，那就又另是一回事。我们无权去劝诱人做牺牲，也无权去阻止人做牺牲。况且世上也尽有乐于牺牲，乐于受苦的人物。欧洲有一个传说，耶稣去钉十字架时，休息在 Ahasvar 的檐下，Ahasvar 不准他，于是被了咒诅，使他永世不得休息，直到末日裁判的时候。Ahasvar 从此就歇不下，只是走，现在还在走。走是苦的，安息是乐的，他何以不安息呢？虽说背着咒诅，可是大约总该是觉得走比安息还适意，所以始终狂走的罢。

只是这牺牲的适意是属于自己的，与志士们之所谓为社会者无涉。群众，——尤其是中国的，——永远是戏剧的看客。牺牲上场，如果显得慷慨，他们就看了悲壮剧；如果显得觳觫，他们就看了滑稽剧。北京的羊肉铺前常有几个人张着嘴看剥羊，仿佛颇愉快，人的牺牲能给与他们的益处，也不过如此。而况事后走不几步，他们并这一点愉快也就忘却了。

对于这样的群众没有法，只好使他们无戏可看倒是疗救，正无需乎震骇一时的牺牲，不如深沉的韧性的战斗。

可惜中国太难改变了，即使搬动一张桌子，改装一个火炉，几乎也要血；而且即使有了血，也未必一定能搬动，能改装。不是很大的鞭子打在背上，中国自己是不肯动弹的，我想这鞭子总要来，好坏是别一问题，然而总要打到的。但是从哪里来，怎么地来，我也是不能确切地知道。

我这讲演也就此完结了。

měi tiān sì wèn

每天四问

（节选）

陶行知

没有了身体，一切都完了！

花卉小品之一　41×32cm　2012年　布面油彩

现在我提出四个问题，叫做“每天四问”：

第一问：我的身体有没有进步？

第二问：我的学问有没有进步？

第三问：我的工作有没有进步？

第四问：我的道德有没有进步？

第一问："我的身体有没有进步？"

首先，我们每天应该要问的，是"自己的身体有没有进步？有，进步了多少？"为什么要这样问？因为"健康第一"。没有了身体，一切都完了！不禁使我想到了去年二周纪念前九日邹秉权同学之死！与今年三周纪念前九日魏国光同学之死！二人之死的日子是恰恰一周年，不过时间上相差八九个钟点罢了。因这两位同学的死，使我联想到，我们必须继续建立"健康堡垒"。要建立健康堡垒，必须注意几点：

（一）"科学的观察与诊断"。

科学是教我们仔细观察与分析，譬如邹秉权、魏国光两同学之死，尤其是魏国光同学这一次的死，不能不说是我们先生同学的科学的观察力不够。魏国光同学患的是"蛔虫"症候，他在学校寝室内吐过蛔虫，有同房的同学见到没有报告，先生也没有仔细查看，到了医院又在痰盂中吐过蛔虫，又没有留心注意到，这就是缺少科学重证据的"敏感"，而成为一种不科学的"钝感"了！而医生又复大意，则在这种钝感之下误断为"盲肠炎"。虽然他腹痛的部位是盲肠炎的部位，但既称为"炎"，就必得发"热"；今既无热，就可以断定不是盲肠炎了，何以需要开刀割治？！其实魏国光同学的病症是蛔虫积结在肠胃内作怪，不能下达，而向上冲吐了出来！如果把这吐过蛔虫的证据提出来，医生一定不致遽断为盲肠炎，而开刀，而发炎，而致命！因为魏国光同学之死，我们必须提高“科学的警觉性”。以后遇病，必要拿出科学上铁一般的证据来，才不致有错误的诊断，而损害了身体。否则，都有追踪邹秉权、魏国光两同学之死的危险！所以提高科学的警觉性，是保卫生命的起码条件。最重要还是要用科学的卫生方法，好好的调节自己的身体，不使生病！科学能教我们好好的生活，生存！我们今后应该多提高科学的知能，向着科学努力，努力建立科学的健康堡垒，以保证我们大家的健康和生命。

（二）“饮食的调节与改进”。

我这次去重庆，因事到南岸，会到杨耿光（杰）先生，杨先生是我们这一年来，经济助力最多最出力的一位热心赞助者。顺便谈到儿童和青年的营养问题，杨先生提到德国对于儿童和青年的营养问题，是无微不至的。德国有一位大学教授，对于自己儿子的营养，说过这样一段话：“我为什么有这样好的身体，可以担任这样繁重的事情？就是我的父母把我从小起的营养就调节配备得好，所以身体建筑得像钢骨水泥做的一样。身体建筑最好的材料是牛肉，所以我决定每天要给我的儿子吃半斤牛肉，一直到二十五岁，就能够把他的身体建筑成为钢骨水泥做成的一样，可以和我一样担任繁重的大事了。”纳粹德国政府，对于全国儿童及青年身体健康的营养，是无微不至，我们今天关于营养的问题提到德国，并不是要像纳粹德国一样，把儿童和青年的身体培养得坚实强健，然后逼送他们到前线上去当侵略者的炮灰！但是这种注重新生一代的儿童和青年营养问题的办法，是值得注意的。

就是苏联是社会主义的国家，对于儿童和青年的营养问题，也是无微不至的，所以它在一切建设上，在抵抗侵略上，到处都表现着活跃的民族青春的活力。其他许多国家政令中亦多注意到儿童和青年的营养问题。我们在今天提出营养问题来，就是为着现在和将来人人能够出任艰巨。悬此为的，以备改进我们的膳食，为国家民族而珍重着每一个人的身体的健康。

（三）“预防疲劳的休息”。

“饱食终日，无所用心”固然不对，但是过分的用功，过分的紧张劳苦工作，也于一个人身体的健康有妨害。妨害着脑力的贫弱，妨害着体力的匮乏，甚至于大病，不但耽误了学习和工作，而且减损及于全生命的期限！所以我在去年早已提出“预防疲劳的休息”问题，今天重新提出，希望大家时时提示警觉，预防疲劳，不致使身体过分疲劳。天天能在兴致勃勃中工作学习，健康必然在愉快中进步了。至于已经有人过分疲劳了，要快快作“恢复疲劳的休息”。适当的休息，是健身的主要秘诀之一，万不可忽略。忽略健康的人，就是等于在与自己的生命开玩笑。

（四）“用卫生教育代替医生”。

卫生的首要在预防疾病。卫生教育就在于教人预防疾病，减少疾病。卫生教育做得好，虽不能说可以做到百分之百不生病的效果，但至少是可以减少百分之九十的病痛。其余在预防意料之外而发生的只有百分之十的病痛，可是已经是占着很少成分，足以见出卫生教育效力之大了……

第二问："我的学问有没有进步？"

其次，我们每天应该问的，是"自己的学问有没有进步？有，进步了多少？"为什么要这样问？因为"学问是一切前进的活力的源泉"。学问怎样能够进步？重要在有方法研究。现在我想到有五个字，可以帮助我们学问易于进步。哪五个字呢？

第一个，是"一"字。一是"专一"的一。荀子说："好一则博。"这句话是很有精义的。因为有了一个专一的问题做中心，从事研究，便可旁搜广引，自然而然的广博起来了。我看世界名人学者对于治学的解释，尚少如此精约的，治学必须"专一"的"一"，这是天经地义的了。"专一"在英文为concentration，我们对于一件事物能够专心一意的研究下去，必然能够有一旦豁然贯通之时。所以我希望有能力研究的先生和同学，必须择定一个题目从事研究，即使是一个很小的问题，也可以研究出很深刻很渊博的大道理来。于人于己都可得到切实的益处，而且可能有大的贡献。

第二个，是"集"字。集是"搜集"的集。集照篆字的写法，好像许多钩钩一样。我们研究学问有了中心题目，便要多多搜集材料。我们便像"集"的篆写一样，用许多钩钩到处去钩，上下古今、左右中外的钩，前前后后、四面八方的钩，钩集到一起来，好细细研究。集字在英文为 collection，我们有了丰富的材料，便可以源源本本的彻头彻尾的来研究它一个明明白白，才能够真正理解这个问题的症结所在，才能够“迎刃而解”，才能够收得“水到渠成”的效力。所以我希望大家对于每一个问题，都必须多多搜集材料，以便精深的精益求精的研究。在研究上发生力量，在研究上加强创造力量，集体创造，共同创造，在创造上建立起我们事业的新生命，树立起我们事业的新生机，稳定我们事业的新基础。

第三个，是“钻”字。钻是钻进去的钻，就是深入的意思。钻是要费很大的力量，才能够钻得进去，深入到里面去，看得清清楚楚，取得了最宝贵的宝贝。做学问虽不能像钻东西那么钻，但是能够用最好的方法，也可以很快钻进去。我在外国，参观一个金矿，他们开采的机器，是运用大气的压力来发生动力的。我见到他们开采的速度，是比现代所称的“电化”的电力，还不知要增加若干倍咧。我们做学问也是一样，如果我们能够在学术气氛中的大气压力下，发生动力去钻，一定能够深入到里面去，探获学问的根源奥妙与诀窍，而必有很好的收获。“钻”字在英文为 penetration，所以我希望大家对于一个问题拿定了，便要尽力向里面钻，钻出一大套道理来，使我们学术气氛有着飞跃的进步。

第四个，是“剖”字。剖是“解剖”的剖，就是“分析”的意思。有些材料钻进去还不够，必须解剖出来看它的真伪，是有用的还是有毒素的？以便取舍，清化运用。“剖”字在英文为analyzation，所以我希望大家对于每一个问题搜集得来的材料，除了钻进深入之外，必须更加着意做一番解剖的功夫，分析入微，如同在解剖刀下，在显微镜下，看得明明白白，分析得清清楚楚，真的有用的没有毒素的就拿来运用；如果是假的有毒素的就舍去抛掉不用。如此，鉴别材料，慎选材料，自然因应适宜了。

第五个，是“韧”字。韧是坚韧，即是鲁迅先生所主张的“韧性战斗”的韧。做学问是一种长期的战斗工作，所以必须有韧性战斗的精神，才能够在长期战斗中，战胜许许多多困难，化除种种障碍，开辟出一条新的道路，走入新的境界。“韧”字在英文中尚难找得一个适当的字来翻译。勉强可以译为toughness，所以我希望大家在做学问上，要用韧性战斗的精神，历久不衰的，始终不懈的，坚持下去，终可达到“柳暗花明又一村”的境界。

我想我们每一个人，能把“一”“集”“钻”“剖”“韧”五个字做到了，在做学问上一定有豁然贯通之日，于己于人于社会都有贡献。

第三问："我的工作有没有进步？"

再次，我们每天要问，是"自己担任的工作有没有进步？有，进步了多少？"为什么要这样问？因为工作的好坏影响我们的生活学习都是很大的。我对于工作也提出几点意见，以供大家参考。

第一点最要紧的，是要"站岗位"。各人所负的责任不同，各人有各人的岗位，各人应该站在各人自己的岗位上。守牢自己的岗位，在本岗位上努力，把本岗位的职务做得好，这是尽责任的第一步。我最近在想，人人应该有"站岗位"的教育。站牢在自己的工作岗位上，教育自己知责任，明责任，负责任——教育着自己进步。

第二点最要紧的，是要"敏捷正确"。人常说，做事要"敏捷"，这是对的。但我觉得做事只是做到敏捷还不够，敏捷是敏捷了，因敏捷而做错了怎么办？所以敏捷之下必须加上"正确"二字，工作敏捷而正确才有效力。一件工作在别人做起来需要四小时，你只要二小时或三小时就做好了，而且做得很正确，这才算是工作的效力。工作怎样能够做得敏捷正确呢？这就是靠熟练与精细。粗心大意，是最易弄错弄坏事情的。做事要像做算术的演算草一样，要演得快演得正确。

第三点最要紧的，是要“做好为止”。有些人做事，有起头无煞尾，做东丢西，做西丢东，忙过不了，不是一事无成，就是半途而废。我们做事要按照计划，依限完成，就必须毅力坚持，一直到做好为止。

第四问：“我的道德有没有进步？”

最后，我们每天要问的，是“自己的道德有没有进步？有，进步了多少？”为什么要这样问？因为道德是做人的根本。根本一坏，纵使你有一些学问和本领，也无甚用处。否则，没有道德的人，学问和本领愈大，就能为非作恶愈大，所以我在不久以前，就提出“人格防”来，要我们大家“建筑人格长城”。建筑人格长城的基础，就是道德。现在分“公德”和“私德”两方面来说。

先说“公德”。一个集体能不能稳固，是否可以兴盛起来？就要看每一个集体的组成分子，能不能顾到公德，卫护公德，来衡量它。如果一个集体的组成分子，人人以公德为前提，注意着每一个行动，则这一个集体，必然是日益稳固，日益兴盛起来。否则，多数人只顾个人私利，不顾集体利益，则这个集体的基础必然动摇，并且一定是要衰败下去！要不然，就只有把这些不顾公德的分子清除出这个集体；这个集体才有转向新生机的希望。所以我们在每一个行动上，都要问一问是否妨碍了公德？是否有助于公德？妨碍公德的，没有做的即打定决心不做，已经开始做的，立刻停止不做。若是有助于公德的，大家齐心全力来助他成功。再说“私德”。私德不讲究的人，每每就是成为妨害公德的人，所以一个人私德更是要紧，私德更是公德的根本，私德最重要的是“廉洁”。一切坏心术坏行为，都由不廉洁而起。

…………

我今天所讲的“每天四问”，提供大家作为进德修业的参考。如果灵活运用的行到做到，明年今日四周纪念的时候，必然可以见出每一个人身体健康上有着大的进步，学问进修上有着大的进步，工作效能上有着大的进步，道德品格上有着大的进步，显出“水到渠成”的进步，而有着大大的进步。

dú shū zá tán

读书杂谈

鲁迅

无论读，无论做，倘若旁征博访，结果是往往会弄到抬驴子走的。

粉意　50×60cm　2013年　布面油彩

因为知用中学的先生们希望我来演讲一回，所以今天到这里和诸君相见。不过我也没有什么东西可讲。忽而想到学校是读书的所在，就随便谈谈读书。是我个人的意见，姑且供诸君的参考，其实也算不得什么演讲。

说到读书，似乎是很明白的事，只要拿书来读就是了，但是并不这样简单。至少，就有两种：一是职业的读书，一是嗜好的读书。所谓职业的读书者，譬如学生因为升学，教员因为要讲功课，不翻翻书，就有些危险的局势。我想在坐的诸君之中一定有些这样的经验，有的不喜欢算学，有的不喜欢博物，然而不得不学，否则，不能毕业，不能升学，和将来的生计便有妨碍了。我自己也这样，因为做教员，有时即非看不喜欢看的书不可，要不这样，怕不久便会于饭碗有妨。

我们习惯了，一说起读书，就觉得是高尚的事情，其实这样的读书，和木匠的磨斧头，裁缝的理针线并没有什么分别，并不见得高尚，有时还很苦痛，很可怜。你爱做的事，偏不给你做，你不爱做的，倒非做不可。这是由于职业和嗜好不能合一而来的。倘能够大家去做爱做的事，而仍然各有饭吃，那是多么幸福。但现在的社会上还做不到，所以读书的人们的最大部分，大概是勉勉强强的，带着苦痛的为职业的读书。

现在再讲嗜好的读书罢。那是出于自愿，全不勉强，离开了利害关系的。——我想，嗜好的读书，该如爱打牌的一样，天天打，夜夜打，连续的去打，有时被公安局捉去了，放出来之后还是打。诸君要知道真打牌的人的目的并不在赢钱，而在有趣。牌有怎样的有趣呢，我是外行，不大明白。但听得爱赌的人说，它妙在一张一张的摸起来，永远变化无穷。我想，凡嗜好的读书，能够手不释卷的原因也就是这样。他在每一页每一页里，都得着深厚的趣味。自然，也可以扩大精神，增加智识的，但这些倒都不计及，一计及，便等于意在赢钱的博徒了，这在博徒之中，也算是下品。

不过我的意思，并非说诸君应该都退了学，去看自己喜欢看的书去，这样的时候还没有到来；也许终于不会到，至多，将来可以设法使人们对于非做不可的事发生较多的兴味罢了。我现在是说，爱看书的青年，大可以看看本分以外的书，即课外的书，不要只将课内的书抱住。但请不要误解，我并非说，譬如在国文讲堂上，应该在抽屉里暗看《红楼梦》之类；乃是说，应做的功课已完而有余暇，大可以看看各样的书，即使和本业毫不相干的，也要泛览。譬如学理科的，偏看看文学书，学文学的，偏看看科学书，看看别个在那里研究的，究竟是怎么一回事。这样子，对于别人，别事，可以有更深的了解。现在中国有一个大毛病，就是人们大概以为自己所学的一门是最好，最妙，最要紧的学问，而别的都无用，都不足道的，弄这些不足道的东西的人，将来该当饿死。

其实是，世界还没有如此简单，学问都各有用处，要定什么是头等还很难。也幸而有各式各样的人，假如世界上全是文学家，到处所讲的不是“文学的分类”便是“诗之构造”，那倒反而无聊得很了。

不过以上所说的，是附带而得的效果，嗜好的读书，本人自然并不计及那些，就如游公园似的，随随便便去，因为随随便便，所以不吃力，因为不吃力，所以会觉得有趣。如果一本书拿到手，就满心想道，“我在读书了！”“我在用功了！”

那就容易疲劳，因而减掉兴味，或者变成苦事了。

我看现在的青年，为兴味的读书的是有的，我也常常遇到各样的询问。此刻就将我所想到的说一点，但是只限于文学方面，因为我不明白其他的。

第一，是往往分不清文学和文章。甚至于已经来动手做批评文章的，也免不了这毛病。其实粗粗的说，这是容易分别的。研究文章的历史或理论的，是文学家，是学者；做做诗，或戏曲小说的，是做文章的人，就是古时候所谓文人，此刻所谓创作家。创作家不妨毫不理会文学史或理论，文学家也不妨做不出一句诗。然而中国社会上还很误解，你做几篇小说，便以为你一定懂得小说概论，做几句新诗，就要你讲诗之原理。我也尝见想做小说的青年，先买小说法程和文学史来看。据我看来，是即使将这些书看烂了，和创作也没有什么关系的。

事实上，现在有几个做文章的人，有时也确去做教授。但这是因为中国创作不值钱，养不活自己的缘故。听说美国小说家的一篇中篇小说，时价是二千美金；中国呢，别人我不知道，我自己的短篇寄给大书铺，每篇卖过二十元。当然要寻别的事，例如教书，讲文学。研究是要用理智，要冷静的，而创作须情感，至少总得发点热，于是忽冷忽热，弄得头昏，——这也是职业和嗜好不能合一的苦处。苦倒也罢了，结果还是什么都弄不好。那证据，是试翻世界文学史，那里面的人，几乎没有兼做教授的。

还有一种坏处，是一做教员，未免有顾忌；教授有教授的架子，不能畅所欲言。这或者有人要反驳：那么，你畅所欲言就是了，何必如此小心。然而这是事前的风凉话，一到有事，不知不觉地他也要从众来攻击的。而教授自身，纵使自以为怎样放达，下意识里总不免有架子在。所以在外国，称为“教授小说”的东西倒并不少，但是不大有人说好，至少，是总难免有令大家烦的炫学的地方。

所以我想，研究文学是一件事，做文章又是一件事。

第二，我常被询问：要弄文学，应该看什么书？这实在是一个极难回答的问题。先前也曾有几位先生给青年开过一大篇书目。但从我看来，这是没有什么用处的，因为我觉得那都是开书目的先生自己想要看或者未必想要看的书目。我以为倘要弄旧的呢，倒不如姑且靠着张之洞的《书目答问》去摸门径去。倘是新的，研究文学，则自己先看看各种的小本子，如本间久雄的《新文学概论》，厨川白村的《苦闷的象征》，瓦浪斯基们的《苏俄的文艺论战》之类，然后自己再想想，再博览下去。因为文学的理论不像算学，二二一定得四，所以议论很纷歧。如第三种，便是俄国的两派的争论，——我附带说一句，近来听说连俄国的小说也不大有人看了，似乎一看见“俄”字就吃惊，其实苏俄的新创作何尝有人绍介，此刻译出的几本，都是革命前的作品，作者在那边都已经被看作反革命的了。倘要看看文艺作品呢，则先看几种名家的选本，从中觉得谁的作品自己最爱看，然后再看这一个作者的专集，然后再从文学史上看看他在史上的位置；倘要知道得更详细，就看一两本这人的传记，那便可以大略了解了。如果专是请教别人，则各人的嗜好不同，总是格不相入的。

第三，说几句关于批评的事。现在因为出版物太多了，——其实有什么呢，而读者因为不胜其纷纭，便渴望批评，于是批评家也便应运而起。批评这东西，对于读者，至少对于和这批评家趣旨相近的读者，是有用的。但中国现在，似乎应该暂作别论。往往有人误以为批评家对于创作是操生杀之权，占文坛的最高位的，就忽而变成批评家；他的灵魂上挂了刀。但是怕自己的立论不周密，便主张主观，有时怕自己的观察别人不看重，又主张客观；有时说自己的作文的根柢全是同情，有时将校对者骂得一文不值。凡中国的批评文字，我总是越看越胡涂，如果当真，就要无路可走。印度人是早知道的，有一个很普通的比喻。他们说：一个老翁和一个孩子用一匹驴子驮着货物去出卖，货卖去了，孩子骑驴回来，老翁跟着走。但路人责备他了，说是不晓事，叫老年人徒步。他们便换了一个地位，而旁人又说老人忍心；老人忙将孩子抱到鞍鞒上，后来看见的人却说他们残酷；于是都下来，走了不久，可又有人笑他们了，说他们是呆子，空着现成的驴子却不骑。于是老人对孩子叹息道，我们只剩了一个办法了，是我们两人抬着驴子走。

无论读，无论做，倘若旁征博访，结果是往往会弄到抬驴子走的。

不过我并非要大家不看批评，不过说看了之后，仍要看看本书，自己思索，自己做主。看别的书也一样，仍要自己思索，自己观察。倘只看书，便变成书厨，即使自己觉得有趣，而那趣味其实是已在逐渐硬化，逐渐死去了。我先前反对青年躲进研究室，也就是这意思，至今有些学者，还将这话算作我的一条罪状哩。

听说英国的培那特萧（萧伯纳）（Bernard Shaw），有过这样的意思的话：世间最不行的是读书者。因为他只能看别人的思想艺术，不用自己。这也就是勖本华尔（叔本华）（Schopenhauer）之所谓脑子里给别人跑马。较好的是思索者。因为能用自己的生活力了，但还不免是空想，所以更好的是观察者，他用自己的眼睛去读世间这一部活书。

这是的确的，实地经验总比看，听，空想确凿。我先前吃过干荔支，罐头荔支，陈年荔支，并且由这些推想过新鲜的好荔支。这回吃过了，和我所猜想的不同，非到广东来吃就永不会知道。但我对于萧的所说，还要加一点骑墙的议论。

萧是爱尔兰人，立论也不免有些偏激的。我以为假如从广东乡下找一个没有历练的人，叫他从上海到北京或者什么地方，然后问他观察所得，我恐怕是很有限的，因为他没有练习过观察力。所以要观察，还是先要经过思索和读书。

总之，我的意思是很简单的：我们自动的读书，即嗜好的读书，请教别人是大抵无用，只好先行泛览，然后决择而入于自己所爱的较专的一门或几门；但专读书也有弊病，所以必须和实社会接触，使所读的书活起来。